Couvertures supérieure et inférieure
manquantes

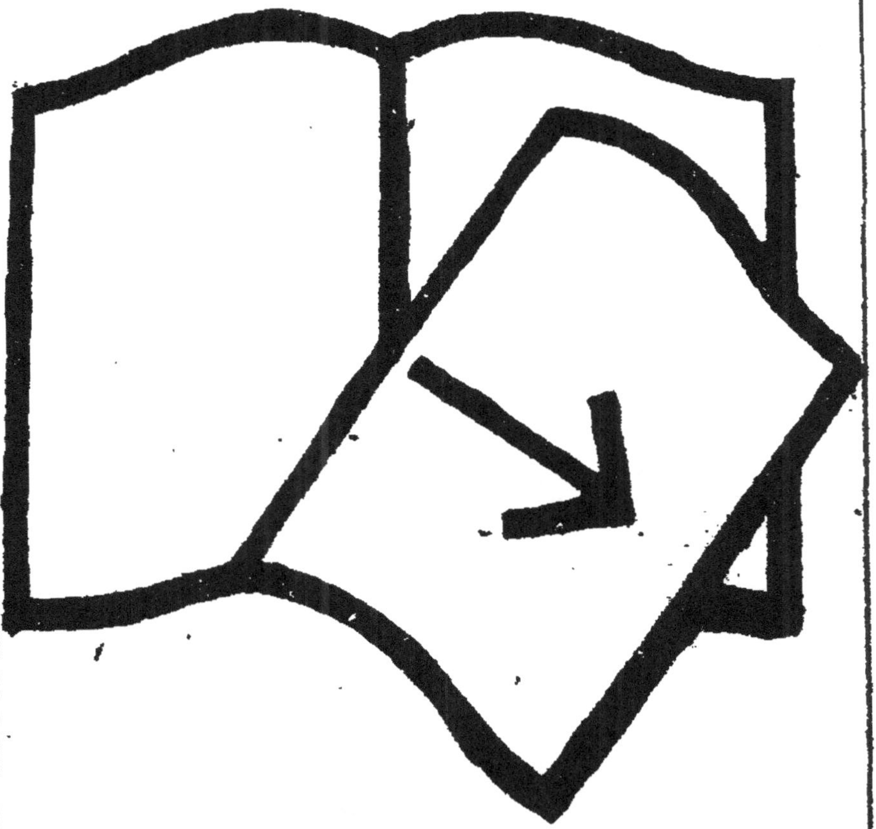

AU PAYS

DES FAKIRS

4200-89. — Corbeil. Imprimerie Crété.

AU PAYS
DES FAKIRS

PAR

GASTON BONNEFONT

PARIS

LIBRAIRIE DE THÉODORE LEFÈVRE ET Cⁱᵉ

ÉMILE GUÉRIN, ÉDITEUR

2, RUE DES POITEVINS.

AU PAYS DES FAKIRS

CHAPITRE PREMIER

UN DÉJEUNER INTERROMPU

Le 27 février 1857, la famille Robanoff était en fête : Maria-Fédora-Alexandrowna Robanoff entrait, ce jour-là, dans sa dix-septième année, et l'on célébrait cet anniversaire par des réjouissances.

La famille Robanoff se composait de quatre personnes : Maria, ses deux frères Serge et Nicolas, et leur père. Madame Robanoff était morte depuis plusieurs années.

Comme leur nom l'indique, les Robanoff étaient Russes. La guerre de Crimée avait gravement entamé leur fortune ; et, pour essayer de réparer les pertes qu'ils avaient subies, ils avaient vendu les terres qu'ils possédaient en Crimée, réglé toutes leurs affaires et quitté leur pays. Ils s'étaient établis aux Indes, près de Tungara, petite ville de la présidence de Calcutta, et M. Robanoff avait entrepris le commerce des châles.

Au début, il s'était contenté d'une modeste installation; mais grâce à d'importantes et fructueuses transactions avec des maisons européennes, il avait considérablement accru son capital, et, se fondant sur les bénéfices acquis et sur les espérances que semblaient légitimer ses arrangements pour l'avenir, il s'était bientôt décidé à introduire dans sa demeure, sinon le luxe, au moins un confortable qui en pouvait tenir lieu.

Il avait donné à son établissement le nom de « Comptoir Indo-Russe ». Ce comptoir, il le dirigeait avec l'aide de ses deux fils, Serge et Nicolas, dont les aptitudes en matière de négoce et l'activité sans cesse en éveil lui étaient d'un précieux secours.

Serge avait quinze ans, Nicolas treize; mais, à voir les deux frères, on les eût crus plus âgés. Grâce à une éducation sévère, ils étaient, malgré leur jeunesse, prêts pour l'exécution de tâches difficiles; ils savaient mettre le travail au-dessus du plaisir; ils avaient le respect du devoir et la conscience des responsabilités qu'il comporte. C'est à l'école du malheur qu'ils avaient acquis les principes de philosophie et de morale qui dirigeaient leur conduite; loin d'aigrir leur caractère, l'adversité les avait rendus bons. Ils avaient vu mourir leur mère, ils avaient vu la fortune paternelle diminuer, sans que le découragement ou la révolte s'emparât d'eux. Leurs tristesses et leurs regrets étaient sans fiel. Et quand leur père, au moment du départ pour l'Inde, avait fait appel à leur courage et à leur dévouement, il les avait trouvés prêts à tous les efforts et à tous les sacrifices.

Serge et Nicolas se ressemblaient beaucoup. Blonds tous les deux, avec des yeux bleus, des lèvres finement arquées, un nez droit d'une remarquable correction, ils avaient, empreintes sur leur visage, les marques d'une volonté de fer. Toutefois, leurs traits étaient sans rudesse et indiquaient au repos une grande aménité de caractère. Ils avaient dans leur taille et leur maintien une distinction sans apprêts, et dans le sourire qui éclairait parfois leur gravité on devinait la bonté.

Quant à Maria, si elle était physiquement plus âgée que ses frères, elle était moralement beau-

coup plus jeune. A voir ses grands yeux éveillés et
mutins, ses lèvres sans cesse souriantes, son front
que ne plissait jamais aucun nuage, sa gaieté con-
tinuelle, ses manières espiègles, on sentait combien
elle était insouciante et heureuse. Le chagrin n'a-
vait point prise sur elle; rire, chanter, s'amuser,
telle paraissait être sa devise. La vie lui apparaissait comme un long voyage rempli de satisfactions
et exempt de déboires. Soucis et peines glissaient
sur elle comme si elle eût été insensible à tout
ce qui met des larmes dans nos paupières, des
sanglots dans notre gorge et des plaies dans notre
cœur. Les affaires du comptoir Indo-Russe étaient
prospères; elle le savait et n'en demandait pas
plus long. Du reste, M. Robanoff et ses fils ne songeaient nullement à lui reprocher d'être plus enfant que son âge; loin de là, sa gaieté les réjouis-
sait et tous les trois s'évertuaient à la gâter. A eux
les travaux ardus, c'était dans l'ordre; à elle l'existence sans tracas, c'était leur désir.

Donc, le 27 février 1857, le comptoir était en fête.
De bonne heure M. Robanoff et ses fils avaient expé-
dié les affaires urgentes; puis, mettant de côté toute
préoccupation, ils avaient revêtu des costumes de
circonstance, et, une fleur à la boutonnière, la joie

sur le visage, avaient pénétré dans le salon, où Maria les attendait, radieuse et charmante, dans une toilette blanche qu'elle mettait pour la première fois.

« Enfin, dit-elle, vous voilà ! »

Elle courut à son père et l'embrassa ; puis elle sauta au cou de ses frères.

« Vous voyez que je me suis faite belle, observa-t-elle. Regardez, Monsieur mon père, comme la robe que vous m'avez donnée hier soir me va bien. Regardez, Monsieur mon frère Serge, comme votre bracelet est joli à mon bras. Et vous, Monsieur mon frère Nicolas, regardez, je vous prie, comme votre collier sied bien à mon cou. »

Elle se recula un peu, et, la taille redressée, l'œil mutin, prit une pose théâtrale.

« Je vous permets de m'admirer », fit-elle.

En vérité, elle était ravissante dans ses frais atours et son père et ses frères n'avaient pas attendu son autorisation pour le penser.

« Et le déjeuner ? demanda M. Robanoff ; as-tu soigné le déjeuner ?

— Tous les ordres sont donnés et j'ai pris toutes les mesures pour que le festin ne laisse rien à désirer. La table est déjà mise et j'ai tenu à orner moi-même la salle à manger. Venez voir. »

On passa dans la pièce voisine, où des fleurs répandues à profusion répandaient la gaieté. Sur la nappe de fine toile huit couverts étaient disposés.

« Voilà, dit Maria ; j'ai placé à ma droite notre ami, M. Manning, et à ma gauche son fils aîné, William ; vous, mon cher frère, vous aurez à vos côtés Franck et Robert. Est-ce bien ?

— C'est parfait. Et as-tu songé au repas de nos serviteurs et de ceux de M. Manning ?

— Assurément. Deux tables sont dressées pour eux dans la salle attenante à la cuisine, et j'espère qu'ils ne se plaindront pas de leur menu.

— A merveille. Quand les maîtres ont une fête, il faut que les domestiques aient aussi la leur, surtout quand ces domestiques sont dévoués comme les nôtres. »

A ce moment, en entendit, venant de la route, un bruit de grelots.

« Ah ! s'écria Maria, voici nos amis qui arrivent. »

Elle alla à la fenêtre, suivie de ses deux frères. Bientôt une petite voiture, traînée par deux chevaux vigoureux, pénétrait dans le jardin de l'habitation et s'arrêtait devant le perron.

M. Manning et ses trois fils en descendirent et

furent accueillis dans le vestibule par les Robanoff,
qui les conduisirent au salon.

Les Manning étaient Anglais. Le père, veuf comme
M. Robanoff, était depuis longtemps fixé aux Indes,
où il fournissait des approvisionnements considérables aux troupes britanniques et indigènes. Il était
fort riche et sa fortune, s'accroissait tous les jours.

Presque aussitôt après l'arrivée des Robanoff dans
le pays, des relations de bon voisinage s'étaient
établies entre les deux familles; et, malgré les di-
vergences de vues et de caractère résultant de la
différence de nationalité et d'éducation, une amitié
vive et solide avait vite succédé à la banalité des
visites échangées par convenance. Au fur et à mesure que la connaissance était devenue plus complète, une estime réciproque avait cimenté des liens
que seule l'habitude de se voir souvent ne parvient
pas à créer.

Du reste, les Manning étaient Anglais jusqu'au
bout des ongles, et il fallait du temps avant de les
apprécier à leur juste valeur. Leur froideur appa-
rente et leurs manières réservées eussent, au premier abord, faussé le jugement qu'un étranger
aurait porté à leur endroit; il fallait, chez eux,
gratter l'écorce pour s'assurer qu'au-dessous cir-

culait une sève généreuse. Mais quand ils avaient
admis quelqu'un dans le cercle restreint de leurs
affections, leur formalisme disparaissait et leur
véritable nature se faisait jour; alors on voyait
combien ils étaient bons, serviables et dévoués.

M. Manning, de quelques années plus âgé que
M. Robanoff, touchait à la cinquantaine. Il avait eu
autrefois le teint frais des enfants d'Albion ; mais
le soleil ardent de l'Inde avait à la longue bruni
son visage. Ses cheveux et ses favoris, jadis blonds,
étaient blancs maintenant, et le dos un peu voûté
accusait un commencement de lassitude physique.

Quant aux trois jeunes gens, ils avaient grandi
aux Indes et s'étaient acclimatés sans peine dans
cette contrée si dangereuse pour quiconque n'y
arrive pas de bonne heure. A vrai dire, ils considéraient presque l'Hindoustan comme leur patrie.
Le pays qu'ils habitaient était sol britannique,
et de l'Angleterre, où ils étaient nés mais qu'ils
avaient quittée tout jeunes, ils n'avaient conservé
aucun souvenir.

William avait vingt-deux ans. C'était un jeune
homme aux formes athlétiques, au regard vif, à la
démarche assurée. Comme l'aîné de ses frères, il
exerçait sur eux, suivant la coutume anglaise, une

autorité qui, pour se manifester rarement, n'en était pas moins réelle et constante. Franck et Robert s'inclinaient sans protester devant toutes ses décisions et suivaient ses conseils avec autant d'obéissance que s'ils eussent exécuté des ordres dictés par un supérieur.

Du reste, William, il faut le reconnaître, n'abusait pas de la condescendance de ses frères ; jamais il n'était impératif, et c'était de leur propre gré que Franck et Robert subordonnaient leur volonté à la sienne. Il suffisait de voir les trois jeunes gens pour être convaincu que l'harmonie existait entre eux, sincère et sans jalousie.

Franck entrait dans sa dix-septième année, Robert n'avait que quinze ans. Tous les deux étaient de vaillants garçons, peu expansifs dans leurs propos, mais résolus dans leurs actes et toujours prêts pour le travail.

A dix heures précises, l'Indien Mahorra, domestique au service des Robanoff, ouvrit la porte du salon et annonça que monsieur était servi. William offrit le bras à Maria, et l'on passa dans la salle à manger.

Le temps était magnifique; il y avait dans l'air une brise qui le rafraîchissait. Par la fenêtre ouverte, on voyait les palmiers se balancer, les feuilles trembler aux branches des grands arbres; sur les pelouses du jardin, égayées de fleurs multicolores, le soleil mettait des nappes d'or; de tous côtés les oiseaux s'égosillaient en interminables chansons.

Pendant le déjeuner, on causa des menaces suspendues sur la tête des Européens établis dans le pays. Le commencement de révolte des cipayes allait-il avoir une suite?

« J'avoue, dit M. Robanoff, que je ne suis qu'à moitié rassuré.

— Bah! répliqua M. Manning, l'effervescence et l'irritation des indigènes se calmeront. Tranquillisez-vous, mon cher ami, il n'y a rien à craindre. Aussi bien, les cipayes et ceux qui les conseillent en veulent uniquement à nous autres Anglais; et votre nationalité serait pour vous, quoi qu'il arrivât, un brevet de sécurité.

— Ce n'est pas certain. Les Indiens, surtout au Bengale, considèrent comme un ennemi quiconque n'est pas de leur race. Que demain une insurrection générale éclate, la fureur populaire ne s'arrêtera sûrement pas à une question de nationalité. Il s'agira, en effet, d'une guerre religieuse où, excités par leurs brahmines et par leurs fakirs, aveuglés par le fanatisme et altérés de vengeance, les Indiens confondront dans une même haine tous les étrangers qui seront venus vivre sur leur sol.

— Vous exagérez, mon ami...

— Eh! non; je ne le crois pas du moins. Vous savez à quel degré a été portée, l'année dernière, l'irritation des indigènes, à la suite de l'annexion du royaume d'Oude. Vous-même vous redoutiez des difficultés sérieuses.

— Sans doute, mais tout cela est passé.

— Les circonstances se sont modifiées, c'est vrai, mais l'effervescence n'a pas diminué, au contraire.

— Et les esprits sont malheureusement d'autant plus échauffés, observa William, que la tradition fixe à la centième année la ruine de la domination anglaise, qui date de 1757.

— Alors, vous, William, interrogea M. Robanoff, vous partagez mes appréhensions?

— Oui, hélas! Et soyez persuadé qu'au fond mon père les partage aussi. S'il ne le laisse pas paraître, c'est qu'il estime que répandre l'alarme est inutile et que le souci de l'avenir ne peut qu'empoisonner le présent.

— Mais non, mon enfant, mais non, je t'assure.

— Pardon, mon père, il est impossible que la

gravité de la situation vous échappe. Depuis la malheureuse affaire des cartouches, vous savez combien l'esprit de révolte a augmenté.

— Oui, je reconnais que le gouvernement britannique a eu une malencontreuse inspiration, quand il a voulu armer les cipayes de carabines rayées.

— Les cartouches appropriées à ces carabines devaient nécessairement être enduites de graisse de porc, animal immonde aux yeux des musulmans et des Indous. Or, le colonel Besch, qui dirigeait le corps des artificiers, a cru devoir dédaigner les répugnances religieuses des soldats, et, sans faire savoir aux cipayes le sacrilège qu'il les obligeait à commettre, il leur a imposé l'usage des cartouches. Là est la faute, là est la cause de tout le mal. Au début rien ne transpira; mais un jour un lascar de l'arsenal ayant bu dans le vase d'un brahmine cipaye, fort jaloux des privilèges de sa caste, ce dernier se montra fort irrité. Le lascar lui répondit que, s'il était déshonoré pour avoir prêté sa coupe, il l'était bien davantage pour toucher chaque jour des cartouches enduites de graisse de porc.

— Oui, interrompit M. Manning, tous ces faits ne sont que trop exacts.

— Et ceux qui ont suivi ne sont que trop tristes,

reprit William. A la révélation du lascar, le brahmine courut à l'arsenal, s'assura que l'assertion était fondée et alla sur-le-champ rendre compte de sa découverte à ses compagnons. Telle fut l'origine des troubles qui continuent depuis un mois. Le 24 janvier dernier, de nombreux incendies ont été allumés, dont on n'a pas encore découvert les auteurs. Et qu'a-t-on fait pour conjurer de nouveaux désastres? Quel compte a-t-on tenu de ces sinistres avertissements?

— Le gouverneur a déclaré qu'il ne serait plus fait usage de cartouches graissées, observa M. Manning.

— Remède insuffisant.

— Pourtant la tranquillité est maintenant rétablie.

— Oui, remarqua M. Robanoff, mais cette tranquillité n'est-elle pas trompeuse? On prétend qu'il arrive chaque jour dans les villages voisins de mystérieux personnages, bandits et fakirs tout à la fois, qui échangent avec les habitants des signes de ralliement. C'est une manière de colporteur qui arrive chez le patel (1) de chaque bourgade, lui remet des chepatties (2) contenant des messages secrets, et en emporte d'autres renfermant la réponse

(1) Maire.
(2) Gâteaux de froment.

à la correspondance cachée dans les premiers.

— Tout cela, observa Maria, n'est peut-être qu'une simple conjecture; où est la preuve que des lettres sont ainsi colportées?

— La preuve?... Interroge nos serviteurs, qui nous sont par bonheur absolument dévoués; tous te diront que mes allégations sont fondées. Ils te raconteront aussi, si tu veux, que fréquemment un cipaye apporte une fleur de lotus dans un cantonnement militaire et la remet au plus ancien officier indigène; l'officier la regarde sans rien dire et la passe à un second officier, celui-ci à un autre, et ainsi de main en main jusqu'au dernier soldat du régiment. Or, tu le sais, le lotus est, chez les Indiens, consacré aux divinités vengeresses. »

Cette conversation avait jeté un peu de tristesse au milieu de la fête. Maria elle-même, si gaie d'ordinaire, éprouvait un sentiment d'inquiétude qui empêchait son sourire de se dessiner.

Comme on arrivait au dessert et que le moment était venu de boire à la santé et au bonheur de la jeune fille, son frère Serge rappela que l'on célébrait un anniversaire, sur quoi, laissant de côté la politique, chacun leva son verre et l'approcha, pour trinquer, de celui de la jeune fille.

Souhaits et compliments se succédaient et la joie reprenait ses droits, lorsque soudain un Indien entra précipitamment dans la salle à manger.

C'était un des serviteurs de M. Robanoff; il s'appelait Soliman.

« Maître, dit-il, le comptoir est en feu. »

Nos amis se regardèrent, muets de surprise et un peu pâlis par l'émotion.

« Vite, poursuivit Soliman, préparez-vous à fuir.

— Fuir! répondit M. Robanoff, à quoi bon? Songeons bien plutôt à combattre l'incendie et à sauver des flammes tout ce que nous pourrons.

— Hélas! maître, ce que vous conseillez est impossible. Non seulement la maison brûle, mais encore nous sommes cernés.

— Cernés!...

— Oui, par une troupe d'indigènes. Ils sont trois cents environ.

— Alors, nous sommes perdus! murmura Maria.

— Non, mademoiselle. Nos ennemis ne sont armés que de lances, de flèches et de poignards; nous avons de bonnes carabines. Nous sommes ici six serviteurs de monsieur votre père sur la fidélité et sur le courage desquels vous pouvez compter; et les huit domestiques de M. Manning sont également prêts à protéger votre fuite. »

On entendait distinctement les indigènes qui, au dehors, causaient entre eux. Ils formaient un cordon autour du comptoir et escomptaient déjà leur triomphe. Quelques-uns d'entre eux avaient, sans être vus, mis le feu à l'habitation presque entièrement construite en planches, et déjà toute une façade brûlait.

S'emparer des Manning, tel était le but des agresseurs. Depuis quelques jours déjà, ils complotaient d'attaquer leur maison; comme fournisseurs de l'armée, ils les haïssaient et ils entendaient satisfaire sur eux leur soif de vengeance. Ce n'est pas qu'ils eussent rien de particulier à leur reprocher; mais ils étaient Anglais et indirectement mêlés à l'administration du pays, et cela suffisait pour qu'ils fussent désignés d'avance aux fureurs du populaire révolté.

Toutefois, on savait que M. Manning avait huit domestiques anglais et que sa maison était abondamment pourvue d'armes et de munitions; aussi prévoyait-on une défense sérieuse. Et l'on hésitait à se risquer, — avec l'avantage du nombre, il est vrai, mais avec des flèches pour principaux engins, —

dans une entreprise dont le résultat était des plus problématiques.

Or, on avait vite appris que les Manning avaient, le matin du jour où commence cette histoire, quitté leur habitation pour aller au comptoir Indo-Russe; et l'occasion avait semblé bonne pour tenter un coup de main.

Toutefois les indigènes comptaient un peu sans leur hôte. Bien que M. Manning prétendît qu'il ne croyait nullement à l'éventualité d'une émeute, il ne s'en tenait pas moins sur ses gardes. Depuis quelque temps, il ne sortait pas de chez lui sans mettre dans sa voiture des armes et des munitions et sans se faire accompagner par deux ou trois de ses gens portant la carabine en bandoulière et le revolver à la ceinture. Actuellement, ses huit domestiques, réunis au comptoir, étaient armés jusqu'aux dents.

En quelques minutes, les Robanoff, les Manning et les serviteurs des deux familles furent réunis, prêts à essayer d'échapper par la fuite au sort que leur réservaient les indigènes. La petite troupe se composait de vingt-deux personnes. A l'exception de Maria, chacun avait une carabine, un coutelas, un revolver et une ample provision de cartouches.

2

M. Robanoff et ses fils emportaient de l'argent et quelques pierres précieuses.

Ce fut M. Manning qui prit le commandement. Il disposa son monde en un rectangle au centre duquel il plaça Maria. Pour se préserver de l'atteinte des flèches ennemies, on s'était muni de planches destinées à servir de boucliers.

« Allons, dit M. Manning, en avant, au pas de course ! »

Mais les fugitifs étaient à peine sortis de la maison que, de gauche et de droite, les indigènes leur décochèrent une bordée de traits, et, criant, menaçant, leurs lances prêtes à frapper, marchèrent sur eux.

Les flèches n'avaient blessé personne ; les unes avaient porté trop haut, les autres trop bas ; un grand nombre eussent été meurtrières sans les boucliers improvisés dont on avait eu soin de se pourvoir et dans lesquels elles se fixèrent.

« Feu ! » cria M. Manning.

Vingt et un coups de carabine retentirent.

Les Indiens poussèrent des cris de rage. Les balles avaient frappé juste, et vingt et un des leurs étaient tombés, morts ou grièvement blessés.

Ils arrêtèrent leur marche, hésitants et troublés.

Ils avaient cru à un triomphe certain, immédiat et exempt de danger, et le ravage causé dans leurs rangs par une première décharge leur donnait à réfléchir. Encore quelques bordées semblables, et leur troupe serait décimée.

M. Manning voulut profiter de ce moment de désarroi.

« Vite, dit-il, rechargez vos carabines sans ralentir votre marche. »

Puis de nouveau il cria :

« Feu ! »

Quelques indigènes mordirent encore la poussière.

Mais leur première surprise passée, la fureur des assaillants s'accrut des pertes qui leur étaient infligées ; et ils s'avancèrent vers nos amis, tout en faisant pleuvoir sur eux une grêle de flèches et de javelots.

« Tenez vos revolvers prêts, » dit M. Manning.

Les Indiens eurent vite atteint les fugitifs ; mais au moment où d'un dernier bond ils allaient fondre sur eux, les revolvers firent leur œuvre, vomissant balles sur balles et semant la mort.

Les mutinés reculèrent.

« Précipitons notre marche, dit M. Manning, et

tâchons d'arriver au petit bois de Puctoo, où nous pourrons mieux nous défendre. »

On obéit.

Il y avait environ 150 mètres à franchir, et les flèches tombaient dru sur les planches qui protégeaient la petite colonne. Mais on n'avait pas le choix des moyens de salut; il fallait se résoudre à ce que conseillait M. Manning ou à périr.

Affaiblie par l'intensité de l'émotion qu'elle éprouvait, Maria avait peine à courir. Grâce aux plus grands efforts, elle parvenait tout juste à suivre le train de ses compagnons, et restait, à demi épuisée, à l'arrière de la petite troupe. William était à sa gauche, la protégeant de son mieux contre les flèches ennemies; son père était à sa droite, et derrière elle l'Indien Soliman, qui lui était dévoué comme l'est un caniche à son maître, lui faisait un rempart de son corps.

Après avoir reculé, les assaillants revinrent à la charge plus vivement. Ils s'élancèrent, poussant des cris sauvages, et les premiers d'entre eux eurent vite atteint la queue de la bande des fugitifs.

William ne perdit pas la tête. Au moment où un indigène levait sur lui sa lance, il l'étendit sur le sol d'une balle de son revolver. Ses alliés firent volte-face, et, tenant tête aux ennemis, déchargèrent leurs armes. Un épais nuage de fumée s'éleva, et pendant quelques secondes il fut impossible de rien voir.

Serrés les uns contre les autres, nos amis profitèrent de cette circonstance pour activer leur course. Lorsque la fumée se fut dissipée, ils avaient plus de 50 mètres d'avance sur les Indiens; mais soudain M. Robanoff poussa un cri :

« Maria! où est Maria? »

Hélas! à bout de forces, Maria était tombée et gisait sur le sol, entourée d'un groupe d'indigènes et défendue seulement par William et par Soliman, qui la protégeaient de leur mieux.

« Courons à son secours! » dit M. Robanoff.

Certes, si c'eût été possible, personne n'eût hésité à essayer de dégager la malheureuse jeune fille; mais tenter de la sauver était inutile. C'était horrible à penser, mais ni elle, ni William, ni Soliman ne pouvaient être efficacement secourus.

Pendant que le serviteur indigène et le jeune Anglais faisaient de leur mieux face aux assaillants, deux Indiens s'emparèrent de Maria évanouie et l'emportèrent. Soliman jeta ses armes, s'élança sur eux et voulut la leur arracher; mais ils lui échappèrent. Alors, fou de douleur, il ramassa un arc et une flèche qui gisaient près de lui, banda l'arc et envoya la flèche frapper en plein cœur un des mutinés. Puis, tandis que William tirait, à quelques pas de lui, son dernier coup de carabine, il courut, son poignard à la main, le regard chargé de haine, méprisant la mort, au devant des ennemis, et tomba, le corps criblé de coups de lances.

Fig. 1. PAGE 22.

Il courut au devant des ennemis, son poignard à la main, le
regard chargé de haine, méprisant la mort.

CHAPITRE II

EN ROUTE VERS LA CÔTE

Le cœur désespéré, la gorge pleine de sanglots, les yeux mouillés de larmes, les Robanoff et les Manning reprirent leur course, entraînés par leurs serviteurs. Un moment retardés par la capture de Maria, les indigènes les poursuivaient de loin, leur lançant des traits dont nul ne faisait de victime.

Les fugitifs eurent bientôt atteint le bois où ils avaient espéré se réfugier.

« Maintenant, dit l'Indien Mahorra, je réponds que nous échapperons aux révoltés. Suivez-moi. »

Il obliqua sur la droite et, tandis que l'on entendait les vociférations des assaillants qui approchaient de la lisière du bois, il conduisit en courant ses compagnons dans un endroit encombré de branches d'arbrisseaux, de plantes et de lianes, à travers lesquels on se fraya un passage au prix de quelques égrati-

gnures. Quelques mètres plus loin, il s'arrêta, disant :
« Entrez là. »

Du doigt il désignait l'étroit orifice d'une caverne
qui s'enfonçait dans un monticule de terrain.

On obéit à son ordre. On entendait, non loin, les
cris des poursuivants qui cherchaient de tous côtés
les fugitifs subitement disparus.

« Je les défie bien de venir nous découvrir ici,
fit Mahorra; et, du reste, quand même ils trouve-
raient l'entrée de cette grotte, ils ne se risqueraient
pas à y pénétrer. Ils seraient obligés de passer un
à un; et autant il en viendrait, autant nos revolvers
en tueraient. »

Aucun des membres de la petite troupe n'avait,
grâce aux planches protectrices, reçu la moindre
blessure; et l'on se serait félicité hautement d'avoir
si heureusement échappé à la fureur des mutinés,
si l'on n'eût bien tristement songé à Maria et à
William, — à Maria prisonnière et à la merci des
Indiens, — à William mort sans doute en com-
battant, — si l'on n'eût pensé à Soliman tombé
dans l'accomplissement d'un acte d'héroïque folie.

Les Robanoff et les Manning étaient en proie à
une douleur que nulle consolation n'aurait pu calmer. Le jour de fête si bien commencé avait pour

dénouement un double deuil. Celle qui, rayonnante de joie, avait espéré célébrer dans une allégresse sans nuage l'anniversaire de sa naissance, était maintenant au pouvoir de sauvages sans pitié; et William, sur qui M. Manning comptait pour le remplacer, au jour prochain sans doute où l'âge et la fatigue lui imposeraient un repos bien gagné, gisait probablement, corps sans vie et cadavre sans sépulture, près du comptoir, la veille encore si prospère et actuellement détruit par l'incendie.

« Ne perdons pas tout espoir, dit Mahorra; peut-être M. William a-t-il échappé à la mort, peut-être les Indiens ne feront-ils pas retomber sur une enfant l'inimitié qu'ils avaient vouée à d'autres. Qui sait si nous ne les retrouverons pas tous les deux, le jeune homme et la jeune fille, après des vicissitudes dont le terme sera béni avec d'autant plus de ferveur que les épreuves auront été plus rudes et plus cruelles? »

Mais personne ne répondit; nul n'entrevoyait comme possible la réalisation du rêve que le brave serviteur décrivait.

Des minutes, des heures se passèrent dans l'abattement et dans la désolation. D'abord, on s'était tenu sur la défensive, pour le cas où les mutinés auraient découvert la grotte; mais peu à peu tout son de voix s'était évanoui, et l'on n'entendit plus bientôt que les mille bruits confus qui sont le suprême silence de la nature.

Le jour baissa, la nuit vint.

« Qu'allons-nous faire? dit enfin M. Robanoff. Puisque nous avons survécu au désastre, il ne faut pas nous laisser mourir de faim dans cette caverne.

— Il n'y a, à mon avis, qu'un parti à prendre, répondit M. Manning, c'est de tâcher de gagner la côte. Des navires anglais ne peuvent manquer de croiser, et nous aurons sans doute la chance de trouver asile à bord de l'un d'eux, sinon l'aide nécessaire pour tenter un retour offensif vers nos propriétés. »

Cet avis était, en effet, le plus sage à émettre, et chacun le partagea sans élever la moindre objection.

Mais, le but fixé, il restait à trouver les moyens de l'atteindre. La distance à franchir était longue, et il faudrait avancer avec la plus extrême prudence, de peur de rencontrer des bandes d'indigènes mutinés. La révolte s'était peut-être étendue sur tout le pays; en tout cas elle était partout à l'état latent, prête à se manifester à la première occasion. Traverser des villages serait dangereux; dès lors, comment se procurer des vivres et des vêtements de rechange, et où trouver un abri pour la nuit?

Le problème était difficile à résoudre. Chacun donna son opinion et l'on discuta quelque temps avant d'arriver à une décision satisfaisante. L'un voulait que l'on se risquât à passer par les villages et à y demander le gîte et les aliments nécessaires. Un autre voulait, au contraire, que l'on voyageât constamment dans la campagne, marchant la nuit de préférence au jour et suivant autant que possible des endroits boisés, de manière à éviter toute surveillance et à n'éveiller aucun soupçon; on se nourrirait tant bien que mal de fruits cueillis aux arbres, on boirait de l'eau des ruisseaux et l'on coucherait à la belle étoile.

« Il vaudrait peut-être mieux adopter un moyen terme, suggéra M. Manning. Que nous évitions de nous arrêter en corps dans les villages ou même de simplement les traverser, soit; mais rien n'empêchera que, tandis que nous camperons à proximité de l'un d'eux, Mahorra et ses deux camarades indiens ne s'y rendent pour faire les approvisionnements indispensables. Leur qualité d'indigènes leur assure une sécurité absolue.

— Vous avez raison, mon ami, dit M. Robanoff;
et une fois de plus je me range à votre avis. Mais,
avant de s'arrêter à cette règle de conduite, il convient de demander à Mahorra et à ses deux camarades s'ils consentent à nous rendre le service que
nous attendons de leur obligeance.

— Certainement nous consentons, maître, répliqua vivement Mahorra; vous avez toujours été bon
pour nous, et nous serons heureux toutes les fois
que nous trouverons une occasion de vous prouver
notre affection et notre reconnaissance. »

Les deux autres Indiens acquiescèrent de la tête.
C'étaient deux hommes doués d'une force hercu-
léenne; ils s'appelaient Rahib et Vilsko. Ils appartenaient, ainsi que Mahorra, à la caste méprisée des
Bhils, qui pour la plupart vivent disséminés en
hordes diverses dans le pays des Radjepoutes et dans
le Guzerate. Du jour où ils étaient entrés au service
de M. Robanoff, ils avaient été traités avec tant de
bienveillance qu'ils s'étaient peu à peu attachés à
leurs maîtres et avaient fini par les entourer d'une
vénération qui ressemblait à un culte. Tandis que
la plupart des indigènes les considéraient comme
issus d'une race vile, comme des parias parmi les
parias, ils avaient trouvé, au comptoir Indo-Russe,

une sympathie qui les avait touchés et gagnés. Sans famille, n'ayant point à partager leur affection, ils l'avaient donnée tout entière à qui en avait voulu et l'avait méritée.

Il fut décidé que l'on dormirait comme on pourrait dans la caverne, et que le lendemain on se mettrait en route de grand matin, en suivant le bois jusqu'au village de Puctoo, situé à 4 milles environ dans la direction que l'on devait suivre.

La température était des plus douces, et il allait être aisé de se passer de couvertures. Quant au sommier, il serait dur sans doute; il fallait se résigner à s'étendre sur le sol de la caverne, peu élastique et peu douillet. Mais regimber contre la nécessité eût été bien inutile; prendre le temps comme il venait, sans récriminations et sans jérémiades, telle était la seule résolution pratique à adopter.

On se coucha. Et comme on était très fatigué et que d'ailleurs les douleurs les plus intenses et les anxiétés les plus vives n'empêchent pas la nature de réclamer ses droits, on s'endormit.

Mais au milieu de la nuit Mahorra s'éveilla et eut une idée. Il songeait qu'avant de quitter le pays, pour n'y plus jamais revenir peut-être, il serait bon d'aller jusqu'au comptoir Indo-Russe et à l'habitation de M. Manning, et d'examiner, si faire se pouvait, leur état. Il semblait probable que les indigènes avaient pillé tout ce qu'ils avaient trouvé dans les deux maisons et dans leurs dépendances; mais encore convenait-il de s'en assurer. Et dans le cas où ils auraient laissé quelque chose, ce quelque chose serait peut-être de nature à rendre service aux fugitifs, maintenant privés des éléments les plus indispensables de la vie.

Il secoua légèrement Rahib et Vilsko et leur dit à l'oreille :

« Venez! »

Ses deux compagnons se levèrent et le suivirent sans bruit. Les trois hommes sortirent de la grotte, et Mahorra exposa son projet.

« Je crois que nous ne courons aucun danger, fit-il; du reste, nous serons prudents.

— Eh bien, en route! » dit Rahib.

Ils partirent, l'oreille au guet, assourdissant de leur mieux le bruit de leurs pas. Tout était tranquille; la lune projetait des rayons argentés sur les grands arbres, dont les feuilles tremblaient à peine au léger souffle de l'air.

Quand ils furent parvenus à la lisière du bois, ils

s'arrêtèrent un moment. Au loin nulle lumière ne brillait ; aucun bruit n'arrivait jusqu'à eux. Cependant, par excès de précaution, Mahorra se coucha, appliqua son oreille sur le sol et écouta.

« Je n'entends absolument rien, dit-il à ses compagnons quand il se releva ; tout dort. »

Les trois Indiens continuèrent à avancer et furent bientôt devant le comptoir, devant ses ruines bien plutôt, car le feu avait dévoré les constructions, et les indigènes avaient saccagé le reste.

La maison ne formait plus qu'un vaste amas de cendres et de pierres ; toutefois un hangar voisin était encore debout et les domestiques s'y rendirent. Les dévastateurs y avaient oublié quelques objets sans valeur : outils de jardinage, nattes de jonc et débris de toutes sortes.

« Emportons les nattes, dit Vilsko ; faute de mieux, elles nous serviront de matelas et nous préserveront au moins de l'humidité du sol.

— Moi, ajouta Rahib, je m'empare de ce crochet, qui constituera au besoin un instrument de pêche des plus satisfaisants. »

Les trois hommes rebroussèrent chemin.

« Nos ennemis ont enlevé leurs morts, observa Mahorra ; mais sûrement si M. William a été tué, ils ont laissé son corps sans sépulture. Voyons si nous le découvrirons. »

Ils cherchèrent la place où le jeune Anglais était tombé et ne tardèrent pas à la trouver. Mais ni là ni ailleurs aucun cadavre ne gisait.

« Il n'y a pas à en douter, finit par dire Mahorra, ils l'ont capturé vivant et ils l'ont emmené. Qui sait ? nous le reverrons peut-être un jour...

— Hélas ! c'est peu probable, interrompit Rahib en secouant tristement la tête.

— J'en conviens. Mais, pour tant qu'il soit faible, il nous reste un espoir, et cela vaut mieux que la certitude de la mort. »

Leur visite au comptoir terminée, les trois Indiens se dirigèrent vers l'habitation de M. Manning. Comme chez M. Robanoff, le principal corps de logis était brûlé et ne formait plus qu'un monceau de décombres. Mais les dépendances n'avaient pas été incendiées ; les dévastateurs s'étaient contentés de les piller. Ils avaient tout emporté, à part quelques barriques vides dont ils avaient dû boire sur place le contenu.

Les domestiques allaient reprendre le chemin de la caverne, lorsque soudain Mahorra s'arrêta :

« Tiens, dit-il, un paon ! Pauvre bête ! on l'a privée

de son gîte habituel et elle est revenue dormir ici. »

Il s'approcha doucement du volatile et le saisit par les pattes avant qu'il se fût éveillé.

« La chair en est bien coriace, dit-il ; mais peut-être serons-nous heureux de nous la mettre sous la dent. »

Il fixa l'oiseau sous son bras.

« Maintenant, ajouta-t-il, le jour va bientôt poindre. Allons-nous-en. »

Un instant après, ils étaient de retour à la caverne, où tout le monde dormait encore.

Ce fut Serge qui ouvrit les yeux le premier. Il s'étira, secoua un reste de fatigue et se leva.

« Vous êtes déjà debout? dit-il aux Indiens.

— Oh! oui, depuis longtemps, répondit Mahorra. Nous avons même fait une expédition d'où Vilsko a, comme vous voyez, rapporté des nattes sur lesquelles vous et les vôtres vous reposerez mieux, la nuit prochaine, que sur la terre humide.

— Mais, ces nattes, où les avez-vous trouvées?

— Dans le hangar voisin du comptoir.

— Comment! vous êtes donc allés au comptoir?

— Oui. »

Serge avait prononcé sa dernière interrogation à haute voix; et comme on a le sommeil très léger

quand on dort mal à son aise, ses compagnons s'é-
taient éveillés.

« Oui, nous sommes allés au comptoir, reprit
Mahorra, et nous sommes aussi allés à l'habitation
de M. Manning. »

Ce fut immédiatement une avalanche de questions
auxquelles l'Indien répondit en racontant les détails
du voyage nocturne.

« Ainsi vous croyez réellement que William n'est
pas mort? dit M. Manning, quand la narration fut
terminée.

— J'en suis sûr. »

Le pauvre père soupira longuement et resta silencieux; mais son visage reflétait un rayon d'espérance.

« Il me semble que l'heure est venue de nous
mettre en route, observa M. Robanoff.

— Hélas! sans déjeuner? » murmura Harry, l'un
des domestiques de M. Manning.

Et il jetait des regards d'envie sur le paon que
Mahorra avait rapporté.

« Hélas! oui, sans déjeuner, répondit M. Robanoff; nous n'avons malheureusement rien à nous
mettre sous la dent. Mais en chemin nous trouverons des fruits, et nous pourrons apaiser notre faim.

Harry continuait à regarder le paon. M. Roba-noff s'en aperçut.

« Ah! oui, fit-il, nous avons le paon de Mahorra; eh bien, si votre estomac est trop bas, tuez-le, rôtissez-le et mangez-le.

— Maigre repas! interrompit Rahib; j'ai mieux que cela à proposer.

— Et quoi donc? demanda Harry.

— Si nos maîtres veulent bien retarder leur départ de deux heures, je m'engage, non seulement à vous fournir un déjeuner à la fois copieux et agréable, mais encore à vous approvisionner pour toute la journée.

— Et comment vous y prendrez-vous?

— Rien n'est plus simple. Venez avec moi et vous allez voir. »

Tout le monde le suivit. Il avait mis sous son bras gauche le paon de Mahorra et chargé Vilsko de porter le crochet découvert dans le hangar du comptoir.

Bientôt on arriva au bord d'un cours d'eau. En chemin, Rahib avait défait les tresses d'une natte, de manière à en former une longue corde.

Le ruisseau traversait le bois de Puctoo. La rive où arrivèrent nos amis était en pente et encom-

brée de joncs serrés les uns contre les autres.
Rahib posta ses compagnons au pied d'un groupe
d'arbres et leur recommanda de garder le silence.

Puis il attacha par la patte le paon à l'une des
extrémités de sa corde, fixa le crochet de fer au-
dessous de l'oiseau, et noua l'autre extrémité de la
corde à une branche voisine.

« Que comptez-vous attraper ainsi? lui demanda
M. Robanoff.

— Ce que je compte attraper?... Ni plus ni moins
qu'un crocodile.

— Un crocodile?

— Eh, oui. Il y en a dans ces parages, je le sais.
Cette rive est fort escarpée et trop bien défendue
par les joncs pour qu'ils y abordent; mais ils se
tiennent sur l'autre, dont l'accès est plus facile.
Soyez sans crainte, vous ne courez aucun risque.

— Et la chair du crocodile se mange? interrogea
Robert.

— Assurément, mon jeune maître. Elle est même
fort délicate, comme vous verrez. »

Rahib mit le paon en liberté; l'oiseau voleta un
moment au-dessus du ruisseau, puis, fatigué par
le poids du crochet qu'il portait, se posa sur le
bord opposé.

FIG. 2. PAGE 37.

A sa vue, l'oiseau prit son vol.

L'attente des chasseurs ne fut pas longue. Bientôt un énorme crocodile parut, abaissant les branches sur son passage ; son corps, couvert de grosses écailles carrées, était, en dessus, couleur vert olive, piqueté de noir sur la tête et le cou, jaspé de même nuance sur le dos et la queue ; en dessous, il était d'un jaune verdâtre. Sa queue était armée de deux crêtes dentées en scie, qui se réunissaient en une seule en se rapprochant de l'extrémité. Tout en lui dénotait la force unie à la férocité : ses mâchoires étaient garnies de dents tranchantes, ses pattes munies de griffes redoutables, ses yeux étincelants.

A sa vue, l'oiseau prit son vol et essaya d'échapper à l'horrible animal ; mais le crochet était lourd, et le pauvre volatile ne tarda pas, malgré ses battements d'ailes répétés, à se laisser choir dans l'eau.

Le crocodile n'attendait que cet instant pour fondre sur sa proie et la happer. Il ouvrit sa vaste gueule, saisit le paon et referma sur lui ses puissantes mâchoires dans lesquelles le crochet s'enfonça.

« Bravo ! cria Rahib ; la bête est à nous.

— Si je lui envoyais une balle de carabine ?... suggéra Nicolas.

— C'est bien inutile, maître ; elle glisserait sur les écailles de l'animal sans le blesser. Attendez ; il va se débattre, et plus il se démènera, plus le crochet pénétrera profondément dans la chair de son cou. Avant un quart d'heure, il sera à ce point épuisé par la fatigue et par la douleur que nous n'aurons, pour le capturer, qu'à tirer sur la corde et à le hisser sur la rive, où nous l'achèverons tout à notre aise. »

L'Indien prédisait vrai : le crocodile se livra pendant quelques minutes à des mouvements désordonnés, puis il se laissa tirer hors de l'eau sans résistance. Mahorra lui creva les yeux à coups de poignard, et quand l'animal fut ainsi aveuglé, il lui sépara la tête du tronc.

Pendant que les trois domestiques indigènes allumaient du feu, improvisaient un tourne-broche et procédaient aux préparatifs du déjeuner, leurs compagnons nettoyèrent leurs armes.

« L'étrange repas que nous allons faire ! dit Franck ; jamais, jusqu'à présent, je n'avais imaginé que l'on pût manger du crocodile.

— Ce qui te prouve, mon enfant, que les jugements qui nous paraissent les plus sensés ne sont parfois que des préjugés, observa M. Manning.

Nous autres Européens, nous ne songerions jamais
à faire servir sur notre table une épaule ou un filet
de crocodile; les Indiens, au contraire, se régalent
d'un tel mets et n'offensent en le savourant aucun
de leurs principes religieux; et d'autre part quelques peuplades sauvages de l'Afrique, les Malga-
ches, en particulier, considéreraient comme un
crime, non seulement de manger de la chair de
l'horrible reptile, mais même de ne pas avoir pour
la bête un respect imposé par d'antiques traditions.
Le soin de rendre les jugements de Dieu, si fréquents en Europe au moyen âge, est, à Madagascar,
dévolu aux crocodiles. Au cours de mes nombreux
voyages, j'ai eu, il y a une dizaine d'années, l'occasion de m'arrêter à Matasane un jour où l'on
attendait avec impatience la pleine lune pour un
jugement de ce genre. Quand elle parut, l'assem-
blée des juges se réunit dans une plaine maréca-
geuse, près de laquelle coulait une rivière très
large où nageaient un grand nombre de caïmans.
La proie qu'on leur destinait était une jeune fille
d'environ seize ans, d'une admirable beauté; elle
s'appelait Racar et était accusée par un de ses compatriotes de je ne sais quel manquement aux usages
de la caste des Janac-Andia, dont elle était Son

père, mort quelques années auparavant, était, disait-
on, un puissant chef des montagnes, dont l'accu-
sateur convoitait sans doute l'héritage.

« Le chef des juges ordonna à Racar de s'asseoir au
milieu d'eux et le procès commença. Il fut des plus
sommaires. Adjurée d'avouer sa faute, Racar répondit
d'une voix ferme que les caïmans jugeraient si elle
était coupable. Alors le même chef, ayant prononcé
la sentence, livra la jeune fille à *l'ambiache*, tout à
la fois médecin et bourreau, qui lui prit la main et la
conduisit à la rivière. L'ambiache fit la conjuration
aux caïmans de la dévorer si elle était coupable, et
Racar, se tournant vers ses compagnes qui l'avaient
suivie, les remercia de l'avoir accompagnée et leur
demanda un ruban pour attacher ses cheveux dont
les tresses l'auraient embarrassée pour nager; après
quoi, elle s'élança dans la rivière. C'était horrible
de la voir entourée de caïmans qui la poursuivaient.
Racar nageait avec une vitesse étonnante. Bientôt
elle arriva près d'un îlot couvert de joncs qui servait
de repaire aux caïmans. C'était le lieu désigné pour
l'épreuve. Racar ne craignait pas de la subir, car
elle plongea par trois fois devant l'îlot fatal. Chaque
fois qu'elle disparaissait, il semblait que c'était pour
toujours. Enfin, quelques minutes après, sortie saine

et sauve de l'épouvantable épreuve, elle abordait aux pieds des juges. Le calomniateur fut condamné à lui payer des dommages-intérêts si considérables, que leur valeur excédait celle de ses troupeaux et de ses esclaves. Mais Racar avait bon cœur : elle consentit à lui en faire remise, l'abandonnant seulement à ses remords. »

Pendant que M. Manning racontait cette histoire, une odeur de musc, légère d'abord, puis plus prononcée, s'était répandue dans la grotte.

« C'est singulier, dit Harry, mais on se croirait dans une boutique de parfumerie.

— Et vous ne savez pas à quoi cela tient ? demanda Mahorra.

— Non, vraiment.

— Eh bien, c'est le crocodile qui sent ainsi.

— Le crocodile ?

— Oui ; sa chair a un parfum très prononcé.

— Hum ! voilà qui promet un piteux déjeuner.

— Comment ! vous allez avoir un gibier au fumet le plus délicat qui se puisse imaginer, et vous vous plaignez !

— J'avoue humblement qu'une vulgaire tranche de roastbeef ferait mieux mon affaire.

— Barbare ! attendez au moins avant de juger. »

Le plat fut bientôt prêt, et chacun en eut sa part. Table, nappe et fourchettes manquaient, les couteaux étaient remplacés par des poignards, le chapitre *liquides* ne comportait que de l'eau claire, et l'on n'avait aucun des condiments que réclame un rôti préparé selon les règles; mais on fit contre mauvaise fortune bon cœur, et, grâce au long jeûne par lequel on venait de passer, on dévora sans pain le filet de crocodile sans trouver à redire à son goût et à sa qualité, et sans lui reprocher le fumet de musc qu'il exhalait.

« En route, maintenant, dit M. Manning, quand le repas fut terminé; et espérons que nous trouverons sur notre chemin quelques arbres fruitiers qui nous fourniront un dessert varié. »

CHAPITRE III

DANS LA JUNGLE

La petite troupe se mit en marche à travers le bois, en suivant la direction du sud.

On avançait prudemment, épiant le moindre bruit, les carabines chargées, sans cesse prêt à la défensive. Par moments, les herbes et les lianes étaient tellement enchevêtrées qu'il fallait se servir du poignard pour les couper et se frayer un passage à travers leurs réseaux.

On mit près de deux heures pour arriver à l'extrémité du bois. Au delà, s'étendait une vaste plaine, couverte d'herbes et d'arbustes. A gauche, à une portée de fusil, se trouvait le village de Puctoo.

« Arrêtons-nous, dit M. Manning. Mahorra, Rahib et Vilsko vont aller à Puctoo, où ils achèteront des provisions; nous repartirons quand ils nous auront rejoints. »

Il remit de l'argent aux trois Indiens, qui s'éloignèrent; afin de n'éveiller aucun soupçon, ils avaient abandonné leurs armes.

Quand ils furent hors de vue, M. Manning prit à part M. Robanoff.

« Peut-être, lui dit-il, nous sommes-nous trop hâtés de nous décider à gagner la côte. Il est très possible que nous ayons été des victimes isolées des indigènes, et qu'il n'y ait pas dans le pays une insurrection générale contre les Européens qui s'y sont établis.

— Si l'insurrection n'existe pas en fait, elle existe sûrement en germe, répondit M. Robanoff. Du reste, nos habitations sont détruites; où, dès lors, trouver un abri sûr? Continuer nos affaires, vous n'y songez sans doute pas plus que moi, au moins pour le présent. Ce qui nous tient à cœur, c'est de tâcher de retrouver, vous votre fils William, moi ma fille Maria; et je suis persuadé que, quelque faible que soit votre espoir de réussir dans cette entreprise, vous n'hésiterez pas plus que moi à la tenter.

— Certes.

— Or, comme nous ne sommes pas en force pour attaquer les insurgés, il convient de chercher des auxiliaires. Vous l'avez reconnu vous-même.

— C'est vrai. »

A ce moment, l'attention des deux amis fut attirée par un exercice de gymnastique auquel se livrait, quelques pas plus loin, le domestique Harry aidé d'un de ses camarades.

Les deux hommes avaient avisé un manguier couvert de fruits appétissants. C'était un arbre superbe de près de dix mètres de hauteur, à écorce brune et raboteuse, à feuilles lancéolées, qui s'élevait à l'entrée de la plaine, et dont les mangues, rouges et grosses comme de petits melons, pendaient en grappes paniculées. Pour satisfaire leur gourmandise, pour mordre à belles dents la pulpe fondante et savoureuse, Harry et son compagnon n'avaient pas hésité à enfreindre la consigne qui leur avait été donnée de rester cachés. Ils s'étaient rendus ensemble au pied de l'arbre; Harry était monté sur les épaules de son compatriote, puis, grimpant le long du tronc, il s'était hissé jusqu'aux branches.

Cet exploit accompli, il appliqua d'abord le proverbe : charité bien ordonnée commence par soi-même. Puis il jeta à terre nombre de fruits qu'après être redescendu il porta avec l'aide de son compagnon à la petite troupe.

Comme on le pense, les mangues furent les bien-
venues. On en mangeait encore, lorsque les trois
serviteurs indigènes revinrent de Puctoo.

Ils arrivèrent, chargés de provisions qu'ils dépo-
sèrent sur le sol. Ils avaient l'air souriant; Mahorra
fredonnait même une vieille chanson indienne.

« Il me semble que vous voilà bien joyeux, mon
ami, remarqua M. Robanoff.

— Ce n'est pas sans raison que je le suis, maître,
répondit Mahorra. J'ai recueilli à Puctoo de mauvaises nouvelles, mais de bien bonnes aussi.

— Ah !... et lesquelles?

— D'abord, M. William et mademoiselle Maria
sont sains et saufs.

— Vous en êtes sûr?

— Absolument sûr.

— Vous savez où ils sont?

— Non; on m'a seulement dit que les Indiens
aux mains desquels ils sont tombés ont l'intention
de les vendre à quelque chef de pirates faisant le
commerce des esclaves. Leur vie n'est donc pas en
danger; c'est là l'essentiel. »

Les Robanoff et les Manning se regardaient, émus
et attendris, en écoutant Mahorra. Certes, leurs
inquiétudes ne s'évanouissaient pas, mais leur

désolation s'adoucissait. Si le présent était lamentable, l'avenir pouvait encore effacer toutes les tristesses.

« Alors, demanda M. Manning, c'est vers la côte que nos ennemis vont emmener leurs prisonniers?

— Certainement.

— Et c'est là que nous aurons quelque chance de les retrouver?

— Sans aucun doute. »

Il y eut un silence.

« Voilà pour les bonnes nouvelles, reprit M. Robanoff, et je reconnais qu'elles sont excellentes. Quelles sont maintenant les mauvaises?

— Les mauvaises, répondit Maharra, sont que l'acte d'hier a été le signal d'une révolte générale. Il y avait à Puctoo trois familles d'Européens; elles ont été massacrées la nuit dernière.

— De sorte que si nous sommes surpris par des indigènes, nous pouvons nous attendre à être massacrés nous-mêmes? dit Franck.

— A moins que nous n'échappions de nouveau à leur fureur. Toutefois, je l'avoue, le mieux sera de nous efforcer de les éviter. Nous avons tout au plus six jours de marche pour arriver à la mer, et, comme d'ici là le pays est très boisé et très accidenté, il nous sera facile de nous tenir constamment cachés et de nous garder de toute mauvaise rencontre. »

Les domestiques avaient rapporté de Puctoo des vivres suffisants pour deux jours. On les distribua entre les membres de la troupe, afin que chacun n'eût qu'une faible charge, et l'on se remit en route.

L'herbe, presque partout très haute, empêchait que l'on avançât vite; mais, comme compensation, elle masquait les fugitifs. Le soleil dardait des rayons brûlants; Harry et ses camarades anglais transpiraient à grosses gouttes. Il est vrai que de distance en distance on se rafraîchissait en mangeant quelques fruits cueillis aux branches les plus basses d'un manguier.

Un peu avant la tombée de la nuit, on fit halte et l'on prépara le repas du soir.

L'emplacement que l'on avait choisi pour cette importante occupation et pour le repos qui devait la suivre était des plus propices. C'était une sorte de clairière en forme de cercle, dissimulée par une ceinture d'arbustes et de lianes.

On étendit les nattes sur le sol, et bientôt l'on attaqua le dîner. Dès les premières bouchées, le visage de Harry, jusqu'alors sombre et soucieux, s'éclaira. Il mangeait avec une satisfaction visible et prenait une ample revanche de sa triste chère du matin.

Soudain on entendit un cri qui semblait venir du fourré voisin. Toutes les mâchoires s'arrêtèrent et les oreilles se tendirent.

Quelques secondes se passèrent, puis un second cri succéda au premier. Il était faible et plaintif, et ne ressemblait ni au son de la voix humaine, ni à celui d'un animal familier.

« Qu'est-ce que cela peut être? dit Nicolas.

— Sans doute quelque bête inoffensive, répondit Mahorra; du reste, nous allons nous en assurer. »

Il se leva et saisit sa carabine. Tout le monde suivit son exemple, à l'exception de Harry qui, après avoir interrompu son repas, prétendait l'achever et s'était remis à manger de plus belle.

« Nous nous chargeons de battre le fourré, dirent Rahib et Vilsko; suivez-nous sur la lisière, prêts à nous porter secours s'il y a lieu.

— Je demande à vous accompagner, fit Serge.

— Et moi aussi, ajouta Franck.

— En ce cas, conseilla Rahib, prenez des revolvers, et laissez là vos carabines, qui vous embarrasseraient dans les hautes herbes. »

Les deux Indiens et les deux jeunes gens pénétrèrent dans le fourré et avancèrent lentement et avec précautions. A chaque pas, ils sondaient du regard les profondeurs du taillis.

Ils marchèrent ainsi quelque temps, sans s'écarter de la clairière. Soudain un bruit de feuilles froissées et de branches cassées leur fit redresser la tête.

« Attention! » dit Rahib.

Quelques pas plus loin, nos quatre amis se trouvaient devant un étroit espace où les herbes et les lianes étaient tassées.

« Ceci, observa Vilsko, doit être le gîte de quelque animal de la jungle. »

Et, plus haut, s'adressant aux membres de la troupe qui étaient restés dans la clairière, il ajouta :

« Tenez vos carabines prêtes. »

Vilsko ne se trompait pas. Il avait à peine prononcé ces derniers mots qu'une toute jeune panthère se soulevait sur ses pattes de devant du lit d'herbage où elle était couchée et poussait un petit cri.

« Voilà l'enfant, dit Rahib; la mère ne doit pas être loin. »

Comme il parlait encore, celle-ci apparut en l'air; d'un énorme bond, elle avait franchi les arbustes environnants et elle allait s'abattre au milieu de

Fig. 3.   Page 50.

Elle allait s'abattre au milieu de son gîte lorsqu'une détonation
retentit.

son gîte, lorsqu'une détonation retentit : Mahorra déchargeait sa carabine, dont la balle, adroitement dirigée, atteignit le féroce animal en pleine poitrine.

La panthère tomba lourdement sur le sol ; toutefois, comme il y avait à craindre qu'elle ne fût que blessée, Rahïb se hâta de s'emparer du revolver de Serge, et, s'approchant de la bête, lui tira à bout portant, avant qu'elle eût eu le temps de se relever, une balle qui se logea dans l'œil droit.

Sur ces entrefaites, Mahorra, son poignard à la main, arrivait, suivi de ses compagnons ; mais tout secours était superflu : après trois souffles puissants, le fauve s'était étendu tout de son long, la tête pendante ; il était mort.

Quoiqu'il fût encore inoffensif, l'enfant eut le sort de la mère.

« Vous pouvez vous vanter de nous avoir sauvé la vie, dit Serge à Mahorra. »

Calme et grave selon son habitude, celui-ci, debout, les bras appuyés sur le canon de sa carabine dont la crosse reposait sur le sol, examinait le terrible animal qui gisait, inanimé, près de lui.

« Bah ! répondit-il, il n'y avait qu'à viser juste ; et, par bonheur, ma main ne tremble pas.

— Le fait est que si elle avait tremblé, nous ne serions pas en vie à l'heure qu'il est, observa Franck.

— Avouez aussi qu'il y avait de votre part quelque imprudence à vous risquer dans le fourré comme
vous l'avez fait. Je n'ai pas, il est vrai, cru devoir
vous conseiller de renoncer à cette hardiesse, parce
que j'estime que le courage est une vertu nécessaire
et qu'il ne faut pas en restreindre l'exercice; mais
je vous assure que je n'étais qu'à moitié rassuré et
que, sans le dire, je veillais sur vous avec une attention doublée par mon inquiétude. »

Le brave Indien ne croyait sûrement pas être élo-
quent en parlant ainsi; il y avait pourtant, dans la
simplicité avec laquelle il exprimait son attachement
à ses jeunes maîtres, quelque chose de touchant qui
émut tout le monde. M. Robanoff tendit la main à
son serviteur et serra cordialement la sienne.

« Merci, mon excellent Mahorra, dit-il, merci de
votre affection et de votre dévouement pour nous! »

M. Manning imita l'exemple de M. Robanoff, et
Mahorra, que jusqu'alors personne n'avait vu abandonner son flegme et son impassibilité, sentit ses
yeux se remplir de larmes, qui coulèrent le long de
ses joues : c'est que, pauvre paria, il avait toujours
été en butte aux dures paroles et aux mauvais trai-

tements ; — c'est que dans toute sa vie, malgré bien
des services rendus, il n'avait jamais éprouvé la
douceur d'un mot de reconnaissance.

La panthère que l'on venait de tuer était superbe ;
elle mesurait près de deux mètres de longueur.

« Est-ce que cet animal est véritablement aussi
dangereux qu'on le prétend ? demanda Serge.

— Oui, répondit Rahib ; le lion, réputé si redou-
table, est un mouton comparé à la panthère. Lui,
du moins, ne tue pas pour le plaisir de tuer ; il tue
pour vivre et se défendre quand on l'attaque ; il est
loyal, brave, généreux et magnanime. La panthère,
au contraire, tue pour le plaisir de tuer ; elle est
rusée, cruelle et perfide ; c'est un traître que l'on ne
peut généralement vaincre que par surprise. Aller à
la rencontre de la panthère, c'est s'exposer à une
mort presque certaine ; il faut l'attendre. Elle voyage
rarement au milieu du jour, car elle voit à peine ;
mais dès que commence le crépuscule, elle sort de
son repaire et parcourt les fourrés les plus épais
des jungles, où elle se meut avec une adresse incroyable. Sa patte étant très velue, l'oreille la plus
fine et la mieux exercée ne peut l'entendre venir. Si
elle vous aperçoit, ou bien elle fuira avec la rapidité
de l'éclair avant que votre balle ait pu l'atteindre,

ou bien elle se rasera dans un couvert; et si vous passez à sa portée, d'un bond elle tombera sur vous à l'improviste et vous terrassera avant que vous ayez pu faire usage de vos armes. Du reste, elle est très difficile à viser, et Mahorra peut se flatter d'avoir accompli un exploit digne du plus accompli des chasseurs de fauves : son cœur et ses poumons sont, en effet, tout petits; et quant à sa cervelle, moindre que celle des autres animaux de même taille, elle est placée derrière la tête, dans une boule épaisse et dure qui la protège contre la pénétration des balles. Le regard fier et fixe de l'homme impose au lion; il excite, au contraire, la rage de la panthère. Aussi, dans le cas où de nouveau vous en rencontreriez sur votre route, détournez les yeux. Malheur à vous, si vos regards se rencontrent. »

On s'approcha de la panthère et Serge regarda avec curiosité son œil gauche. Puis, se retournant vers les Indiens :

« Est-il vrai, demanda-t-il, que la pupille de l'animal suive la marche du soleil?

— Parfaitement vrai, répondit Mahorra; elle tourne dans le cercle de l'iris comme tournent les aiguilles d'une pendule sur le cadran, et son mouvement de rotation dure exactement vingt-quatre heures. A midi, la prunelle est longue, mince comme une lame de couteau, et placée verticalement de la même manière que les aiguilles d'une pendule marquant six heures. Elle grossit graduellement pendant son mouvement de rotation : à midi, c'était un trait vertical; à six heures du soir, c'est un ovale qui s'étend horizontalement, comme les aiguilles marquant trois heures moins un quart. A minuit, c'est un rond très exact; et c'est à cette heure-là que la bête voit le mieux. De minuit à midi, la prunelle suit la même marche, mais va en décroissant; et à six heures du matin elle occupe la même position qu'à six heures du soir. »

Quand on eut épuisé remarques et commentaires, la nuit était tout à fait tombée. On avait jugé inutile de dépouiller la panthère et de garder sa peau; mais on prit des morceaux de sa chair, destinés à servir d'aliments en cas de besoin.

Quand la troupe retourna à la clairière, elle y trouva Harry assis sur une natte et mangeant. La panthère l'avait peu intéressé; elle était morte, c'était le principal. Et pendant qu'on la regardait curieusement, il s'était esquivé sans être vu et était venu terminer son repas interrompu.

« Allons, Harry ! lui dit M. Robanoff je constate,

avec plaisir que l'émotion ne vous a pas coupé l'appétit.

— Moi... Au contraire, monsieur, ça m'a creusé. »

On se mit en devoir d'achever les aliments qui restaient étalés sur le sol; puis on songea au repos.

« Pour le cas où il y aurait d'autres bêtes fauves dans la jungle, dit Franck, il serait peut-être prudent d'allumer du feu dans la clairière.

— Impossible, répliqua M. Manning; pour nous mettre à l'abri des animaux, nous courrions le risque de signaler aux indigènes notre présence ici.

Mais il y a un moyen de concilier toutes les exigences de notre situation, c'est que deux d'entre nous montent la garde à tour de rôle pendant que les autres dormiront. »

Quelques instants après, tout reposait dans la clairière, à l'exception de deux des domestiques anglais, qui veillaient, leur carabine sous le bras, et causaient à voix basse en fumant leur pipe.

CHAPITRE IV

MAHAL LE FAKIR

L'Indien a une foi aveugle dans ses croyances et dans ses superstitions; il est persuadé de la suprématie de son culte sur tous les autres. A toutes les tentatives des missionnaires anglicans ou romains qui veulent le convertir, il répond :

« Vous avez bien tort de venir d'aussi loin pour perdre votre temps. Vous adorez le sublime Esprit primordial, âme de tous les êtres, avec des paroles que je ne comprends pas; moi, je l'adore avec d'autres que vous ne comprenez pas non plus. Mais, en résumé, c'est toujours au même Être que cela s'adresse. Pourquoi voulez-vous que j'abandonne mon culte pour un autre qui n'en diffère que par des détails? »

Du reste, l'Indien, comme le musulman, est tout prêt à donner sa vie pour la défense de sa religion.

Il a pour ses prêtres, brahmes et fakirs, une vénération qui se traduit dans la pratique par une obéissance passive à leurs ordres.

Brahmes et fakirs, telles sont les deux grandes
puissances qui ont toujours agi dans l'Hindoustan
et y agissent encore.

En venant au monde, le brahme est placé au premier rang sur cette terre. Souverain seigneur de tous
les êtres, il doit veiller à la conservation du trésor
des lois civiles et religieuses. Tout ce que le monde
renferme est sa propriété; c'est grâce à sa générosité
que les autres hommes jouissent des biens terrestres.
Le brahme s'occupe uniquement de l'explication des
lois de Manou; l'enseignement de ces lois n'appartient à aucun autre homme d'une caste inférieure.
En lisant ce code, le prêtre indien qui accomplit
exactement ses dévotions n'est souillé par aucun
péché; du reste, le précieux livre fait obtenir toute
chose désirée : il accroît l'intelligence, donne la
goire, procure une longue existence et mène à la
béatitude suprême.

La doctrine de Manou peut se résumer en quelques lignes :

L'âme est l'assemblage des dieux; l'univers repose dans l'âme suprême; c'est l'âme qui produit

la série des actes accomplis par les êtres animés. Le brahme se représente le Grand Être comme le souverain maître de l'univers, comme plus subtil qu'un atome, comme aussi brillant que l'or le plus pur et comme ne pouvant être conçu par l'esprit que dans le sommeil de la contemplation la plus abstraite. C'est ce Dieu qui, enveloppant tous les êtres d'un corps formé des cinq éléments, les fait parvenir successivement de la naissance à l'accroissement et de l'accroissement à la dissolution par un mouvement semblable à celui d'une roue. C'est par la prière et la contemplation de ce dieu, âme du monde et principe de l'univers, que l'homme arrive au bonheur suprême, aussi léger que le vent et revêtu d'une forme immortelle.

Les dogmes religieux constituent le dépôt sacré des brahmes, — dépôt dont ils sont jaloux et dont ils ne révèlent à personne le moindre secret. Leur code porte cette terrible sentence :

« Celui qui, sans en avoir reçu la permission, acquiert par l'étude la connaissance de la sainte écriture, est coupable du vol des textes sacrés et condamné à descendre au séjour infernal. »

Ailleurs, le texte sacré dit encore :

« Il vaut mieux pour un interprète de la sainte

écriture mourir avec sa science, même lorsqu'il se
trouve dans un affreux dénûment, que la semer dans
un sol ingrat. La science divine, abordant un brahme,
lui dit : je suis ton trésor, conserve-moi, ne me
communique pas à un détracteur; par ce moyen, je
serai toujours pleine de force. »

Le brahme ne doit se marier qu'avec une femme
de sa caste. Tout moyen d'existence qui ne fait point
de tort aux êtres vivants lui convient; toutefois, il
lui est formellement interdit d'accomplir une œuvre
servile. Mais c'est surtout de l'aumône qu'il doit
subsister, aussi la loi recommande-t-elle aux riches
cette sainte pratique, par laquelle ils ne font que
rendre aux brahmes les biens qu'ils en ont reçus.

Lorsque le brahme a élevé sa famille et que ses
enfants n'ont plus besoin de lui pour les diriger, il
doit embrasser la vie d'anachorète. Il part, seul ou
avec sa femme, et renonce absolument à la société de
ses semblables. Retiré dans quelque forêt, couvert
d'une peau de gazelle ou d'un vêtement d'écorce,
il est tenu de se baigner soir et matin, de porter ses
cheveux longs, et de laisser croître sa barbe et ses
ongles. Sans cesse appliqué à la lecture et à la mé-
ditation des textes sacrés, il doit s'abstenir complètement de viande et ne vivre absolument que de

fleurs, de racines, de fruits mûris par le temps et tombés de l'arbre. Ce n'est que dans des cas fort rares qu'il peut encore recevoir l'aumône. Sevré de tout plaisir, il ne doit avoir d'autre lit que la terre, d'autre abri que les arbres; il faut qu'il s'exerce continuellement aux abstinences et aux mortifications, qu'il veille, qu'il expose son corps nu aux mauvais temps pendant la saison des pluies, qu'il se tienne debout entre quatre feux sous le soleil ardent pendant l'été. S'il a quelque maladie incurable, la loi sainte lui enjoint de marcher sans s'arrêter dans la direction du nord-est jusqu'à la dissolution de son corps, aspirant à l'union divine et ne vivant que d'air et d'eau.

On voit quelle rigoureuse discipline la caste brahmanique a imposée à ses membres, quels devoirs pénibles elle a attachés à sa noblesse, à quel prix elle achète sa domination.

Au-dessous des brahmes, mais exerçant encore sur les populations un pouvoir considérable, se placent les fakirs.

Les fakirs sont des pénitents ascètes ou mendiants, qui cherchent, par des austérités et des souffrances, à atteindre la sainteté et un pouvoir surnaturel. Ils renoncent à la vie civilisée, ne travaillent pas, et

vont de lieu en lieu, sans famille, sans asile et sans
besoins. Un vêtement grossier et le plus souvent
rudimentaire, un bâton et quelques fruits, — c'est
là tout ce qu'il leur faut.

Ils se comparent volontiers au chien, qui doit
avoir toujours faim, être sans asile, veiller la nuit,
rester fidèle à son maître, se contenter de la terre
pour lit, céder ce lit à qui le demande, ne point se
fâcher des coups qu'il reçoit, se mettre à l'écart
quand on apporte à manger et ne préférer aucun
endroit à un autre.

Quand un fakir passe, on s'agenouille pour mériter
d'en être regardé ; quelquefois on embrasse ses pieds
ou les haillons qui le couvrent. Du reste, le fakir a
la réputation de guérir toutes sortes de maux ; il a
des formules de prières à l'usage des paralytiques,
des boiteux et autres malades.

Ce sont les brahmes qui instruisent les fakirs. En
quoi consiste cet enseignement, jamais profane n'a
pu arriver à le découvrir ; mais ce qui est bien
certain, c'est qu'après la période d'initiation qu'ils
passent dans les pagodes, les fakirs accomplissent
des exploits inexplicables. Les esprits supérieurs,
disent-ils, leur donnent une puissance grâce à
laquelle ils exécutent des miracles ; le fait est que

le plus habile des prestidigitateurs français est un maladroit comparé à un fakir indien.

Les tortures physiques qu'ils s'imposent exigent une incroyable force de volonté. On a vu quelques-uns d'entre eux s'enterrer jusqu'au cou et rester dans cette situation des années entières, d'autres se condamner à tenir leurs bras levés pendant dix ans et finir par en perdre l'usage au point de ne pouvoir plus les abaisser; par esprit de pénitence, ils s'exposent à la morsure des insectes, à la pluie, à la chaleur, à tous les mauvais traitements que peut leur inspirer leur exaltation.

Un voyageur anglais raconte qu'un fakir parvint à rester debout pendant douze années sans s'asseoir ni se coucher. Après cette épreuve, il vécut douze autres années les mains jointes au-dessus de sa tête; ses ongles étaient si longs qu'ils entraient comme des clous dans la chair de ses mains. Il essaya, en dernier lieu, de marcher entre cinq feux, quatre en l'honneur des points cardinaux et un en l'honneur du Soleil; au bout d'une demi-heure, il mourut de ses brûlures.

Mais le cas le plus extraordinaire est celui du fakir qui se fit enterrer vivant et qui sortit de la terre au bout de plusieurs mois aussi bien portant qu'il y

était entré. Cela paraît impossible, et pourtant
l'authenticité du fait est attestée par un grand
nombre de personnes dignes de foi. Voici comment
M. Osborne, officier de l'armée anglaise, qui fut
témoin de cet extraordinaire tour de force, le
raconte :

« A la suite de préparatifs qui avaient duré quelque
temps, le fakir déclara être prêt à subir l'épreuve.
Le maharadjah, le chef des Sikhes et le général
Ventura se réunirent près de la tombe en maçon-
nerie construite exprès pour le recevoir. Sous nos
yeux, le fakir ferma avec de la cire ses narines et
ses oreilles; puis il se dépouilla de ses vêtements.
On l'enveloppa alors dans un sac de toile, et, suivant
son désir, on lui retourna la langue en arrière, de
façon à lui boucher l'entrée du gosier.

« Après cette opération, le fakir tomba dans une
sorte de léthargie. Le sac qui le contenait fut fermé
et un cachet fut apposé par le maharadjah. On plaça
ensuite ce sac dans une caisse de bois cadenassée et
scellée, qui fut descendue dans la tombe; on jeta une
grande quantité de terre dessus, on foula longtemps
cette terre et l'on y sema de l'orge. Enfin des sentinelles furent placées tout à l'entour avec ordre de
veiller jour et nuit.

« Malgré ces précautions, le maharadjah con-
servait des doutes ; il vint deux fois, dans l'espace
de dix mois pendant lesquels le fakir resta enterré
et il fit ouvrir devant lui la tombe ; le patient
était dans le sac, froid, inanimé, tel qu'on l'y avait
mis.

« Les dix mois expirés, on procéda à l'exhumation
définitive du fakir. On ouvrit en notre présence les
cadenas, on brisa les scellés, et, après avoir extrait
la caisse de la tombe, on retira le fakir. Nulle pulsa-
tion au cœur, point de respiration ; le sommet de la
tête était resté seul le siège d'une chaleur sensible,
qui pouvait faire soupçonner la présence de la vie.

« Alors une personne lui introduisit très doucement le doigt dans la bouche et replaça la langue
dans la position normale ; puis on le frictionna et
l'on versa de l'eau chaude sur tout son corps. Peu à
peu la respiration et le pouls se rétablirent, et le
fakir se leva et se mit à marcher en souriant. Il
nous dit que pendant son séjour sous terre il avait
fait des rêves délicieux, mais que le réveil avait été
très pénible ; avant de recouvrer sa connaissance, il
avait eu des vertiges. »

C'est à Bénarès, considérée par les Indous comme
ville sainte, que brahmes et fakirs ont coutume

d'aller en pèlerinage. A toutes les époques de l'année
ils y affluent; et lorsqu'il règne dans le pays quelque
agitation politique, on peut être certain que c'est de
là que partent les mots d'ordre. A la fin de l'année
1856, c'étaient dans les rues étroites de la ville de
continuelles processions, et il ne se passait pas de
jours sans que quelque fakir fût envoyé en émis-
saire dans une localité du pays pour y convier les
habitants à se préparer à l'insurrection contre les
oppresseurs.

L'un d'eux, nommé Mahal, avait accepté la mission
de prêcher la révolte à Tungara et dans les bourgades avoisinantes. Il s'y était rendu à pied et avait
immédiatement commencé ses exhortations, parcou-
rant les hameaux et les huttes, attisant partout la
haine des indigènes contre les blancs.

Actuellement, il avait obtenu un premier résultat :
il avait poussé à l'insurrection ouverte, et nous avons
vu comment, trop disposés à suivre ses conseils, les
Indous avaient commencé les hostilités par une
attaque à main armée contre les Manning et les
Robanoff.

Les assaillants, toutefois, n'étaient que médio-
crement satisfaits du succès de leur tentative. Ils
avaient, il est vrai, brûlé et pillé deux habitations,

chassé deux familles et capturé deux prisonniers ;
mais cet exploit leur coûtait cher. Ils avaient cru ne
rencontrer aucune résistance et s'emparer sans coup
férir de ceux qu'ils considéraient comme leurs
ennemis ; or, la réalité n'avait guère été conforme à
leurs espérances : ils avaient laissé sur le terrain, morts
ou grièvement blessés, un grand nombre des leurs,
et il n'y avait pas là de quoi les encourager à entreprendre contre les Européens une guerre générale.

A l'effervescence enthousiaste du premier moment
avait succédé l'hésitation. En vain Mahal les exhorta,
au lendemain de leur équipée insurrectionnelle, à
poursuivre l'œuvre commencée et à redoubler
d'énergie ; les femmes protestèrent en arguant de
leurs époux et de leurs fils tombés, pour ne plus
se relever, sous les balles des blancs ; les hommes,
abattus, la tête basse, accueillirent par le silence les
discours du fakir.

« Où prétends-tu nous mener ? finit par dire l'un
d'eux ; nous ne sommes pas suffisamment organisés
pour la lutte et nous allons à la boucherie. T'écouter,
c'est marcher au massacre ; et nos fils, après nous,
seront plus opprimés encore que ne le sont leurs
pères. »

Celui qui parlait ainsi était un homme de haute

stature, aux membres vigoureux et au visage intelli-
gent. Il s'appelait Koumassi. Il était très aimé de
tous ses voisins et exerçait sur eux, grâce aux
quelques lopins de terre qu'il possédait et à
l'aisance dont il jouissait, l'ascendant que donne
d'ordinaire la supériorité de la position. Les Indous
l'écoutèrent sans rien dire et n'ajoutèrent rien à
ses paroles; mais il était évident, à l'expression
de leurs visages, qu'ils approuvaient complètement
sa réponse.

« Tu te trompes, Koumassi, reprit Mahal; la
victoire coûtera peut-être cher, mais elle est certaine.
Il faudra la payer avec du sang, c'est possible; mais
songe aux résultats qu'elle aura. Nous sommes
opprimés, et nous le serons tant que nous n'aurons
pas chassé l'étranger de notre sol. Aussi la guerre
est nécessaire, et si je la prêche, c'est parce que le
Sublime Esprit le veut.

— Hélas ! tu nous le dis, mais tu ne peux pas
nous le prouver.

— Ne vous suffit-il donc pas de savoir que j'ai
été envoyé vers vous par les saints brahmes de
Bénarès, dont nous devons tous exécuter les ordres?»

Un silence suivit ces paroles. C'est que les
indigènes ne trouvaient rien à répliquer; les com-

mandements des brahmes étaient sacrés pour eux.

« Du reste, ajouta Mahal, je suis tout prêt à vous prouver que la vérité parle par ma bouche et que mes exhortations sont conformes à la volonté de Brahma ; je suis prêt à me soumettre devant vous à une épreuve que nul n'oserait tenter sans le secours d'une force surhumaine. Écoutez-moi. La nuit dernière, j'ai entendu un tigre rugir dans la forêt prochaine : je l'appellerai et il répondra à ma voix ; je serai sans armes, et il viendra lécher mes pieds. Serez-vous, après cela, convaincus que vous devez suivre mes conseils ?

— Oui, répliqua Koumassi ; fais cela et nous te croirons : apprivoise le tigre et nous t'obéirons sans une hésitation.

— Eh bien, je vous donne rendez-vous ce soir, à la tombée de la nuit, devant la pierre et la statue sacrées qui se trouvent à l'entrée de la forêt ; si vous avez peur, mettez vos coutelas à votre ceinture. »

Le rendez-vous fut accepté et l'on se dispersa.

Un peu avant l'heure du crépuscule, tout le monde était rangé auprès de la pierre et de la statue que Mahal avait désignées. Le fakir arriva bientôt, grave et silencieux, et alla se poster devant la pierre. Il se recueillit un moment ; puis, soudain, il leva les bras au ciel comme pour une invocation et poussa un cri aigu qui retentit au loin dans la forêt.

Les Indous attendirent, muets, une de leurs mains posées sur le poignard dont la lame brillait à leur ceinture.

Quelques minutes se passèrent; tout paraissait tranquille dans la forêt.

Pour la seconde fois, Mahal lança un cri strident; puis il croisa ses bras sur sa poitrine, et, le corps immobile, fixa son regard vers les profondeurs du sentier qui donnait accès à l'emplacement.

Tout à coup un murmure parcourut les rang des indigènes. Le tigre avait répondu à l'appel du fakir.

Il s'avançait au pas dans le sentier; Mahal avait les yeux fixés sur les siens.

Quand il fut arrivé tout près de la statue, l'animal s'arrêta et examina le fakir. Il était énorme et d'une musculature extraordinairement puissante. Ses prunelles étaient dilatées et sa gueule ouverte montrait des crocs terribles.

L'homme ne fit pas un mouvement, ne prononça pas une parole. Quelles qu'en fussent les causes, sa confiance et son sang-froid étaient imperturbables.

Peu à peu, le tigre abandonna son air féroce; ses yeux s'adoucirent et sa gueule se ferma. Puis, sous

FIG. 4. PAGE 70.

L'animal s'arrêta et examina le fakir.

le regard fascinateur de Mahal il fit quelques pas, dompté, tremblant presque, et vint se coucher à ses pieds, qu'il lécha doucement.

Le fakir avait tenu l'engagement qu'il avait pris.

Il recula lentement et prononça quelques paroles à voix presque basse. L'animal se releva, et, craintif, la tête et la queue basses, s'en alla par le sentier qu'il avait suivi pour venir.

Quand il eut disparu, Mahal se retourna vers les Indous.

« Eh bien, dit-il, me croyez-vous maintenant ? »

Oui, tous le croyaient, tous étaient disposés à lui obéir aveuglément. Pour eux le succès de l'épreuve n'avait d'autre cause que la volonté de Brahma, et, après une intervention dans leur esprit si manifeste, ils n'avaient plus qu'à s'incliner.

CHAPITRE V

AU BORD DE LA MER

Tandis que, lancés en pleine révolte par le fakir Mahal, les habitants de Tungara et du voisinage poursuivaient la série de leurs exploits, la petite troupe de fugitifs s'avançait vers la mer, évitant avec soin toute mauvaise rencontre. Elle y arriva sans incident fâcheux, fatiguée sans doute, mais en bonne santé, et puisant une nouvelle force dans l'espérance qu'elle allait trouver aide et secours.

Mais nos amis eurent beau interroger l'horizon ; ils n'aperçurent aucun navire. Que faire ? Hélas ! il n'y avait qu'un parti à prendre : être patient et attendre.

La côte était tranquille ; nulle part on ne voyait la moindre trace de dévastation. Là, sans doute, l'émeute n'avait pas encore fait des siennes.

« Je crois, dit M. Robanoff, que nous ne risquerions

rien à demander dans quelque hutte si, moyennant payement, on veut bien nous donner l'hospitalité. Après les nuits que nous venons de passer étendus au grand air sur de mauvaises nattes, un lit de sangle bien abrité, voire même un hamac, ne serait pas à dédaigner.

— Certes non, murmura Harry.

— Le fait est, remarqua M. Manning, que tout ici paraît être en paix. Qu'en pensez-vous, Mahorra ?

— Je pense que la proposition de M. Robanoff est fort sage, répondit l'Indien. Toutefois, pour écarter jusqu'à l'ombre d'un danger, je conseille que vous restiez cachés pendant que j'irai m'informer et m'assurer que la sécurité est parfaite. »

On se rendit volontiers à cet avis. Mahorra s'éloigna, et, après une absence de près de trois heures, revint à l'endroit où il avait laissé ses compagnons.

« Vous pouvez me suivre en toute confiance, dit-il. J'ai trouvé, tout près de la mer, deux huttes voisines habitées par deux familles qui ne se doutent même pas qu'à quelques lieues d'ici le pays est en révolution. Autant que j'en ai pu juger par les apparences, ce sont de braves gens. Pour quelques païs (1), ils nous céderont un coin de leur modeste ca-

(1) Le *païs* est une pièce de monnaie qui vaut 13 centimes.

bane, où, à défaut de mieux, nous éviterons du moins les inconvénients de l'auberge de la belle étoile.

— Eh bien, partons tout de suite, dit M. Robanoff. Avons-nous loin à aller?

— A cinq cents pas tout au plus. »

On se mit en marche et l'on arriva bientôt aux deux huttes, dont les propriétaires reçurent nos amis avec toute la politesse dont ils étaient capables. On s'installa comme on put, on offrit quelque argent aux maîtres de l'humble logis et on leur donna le reste des provisions achetées en route en leur recommandant de les apprêter pour le dîner.

« Vous le voyez, dit Mahorra, nous serons ici aussi bien que possible pendant le temps que nous aurons à passer en attendant les événements. Nous dominons la mer, et si un navire vient à apparaître, il ne pourra manquer d'apercevoir les signaux que nous lui ferons.

— Pourvu que nous trouvions à manger... observa le sybarite Harry.

— Oh! pour cela, soyez sans aucune inquiétude, repartit Rahib. Sûrement vous n'aurez pas tous les jours le plat de viande dont vous êtes si friand; mais vous pourrez vous régaler tout à votre aise de légumes et de fruits.

— Comme en carême !

— Ah ! dame, écoutez donc, à la guerre comme à la guerre. D'ailleurs ce régime vous fera du bien ; vous avez besoin de maigrir. Et puis, vous avez vu en chemin combien est claire l'eau du ruisseau où nous irons puiser notre boisson.

— Hélas ! de l'eau, si claire qu'elle soit, n'est jamais que de l'eau ; et j'avoue que j'aimerais mieux un peu de bière.

— De la bière... Sous notre ciel brûlant, c'est très mauvais pour la santé. On ne vit longtemps dans l'Inde qu'à la condition expresse de pratiquer la plus extrême sobriété. »

Harry poussa un soupir. Que Rahib eût tort ou raison, le serviteur anglais était trop de son pays pour en avoir oublié les douceurs et les habitudes ; et il estimait que pour respecter l'hygiène on n'est pas tenu de s'astreindre à un régime d'anachorète.

Ses réflexions, il est vrai, étaient parfaitement inutiles ; quels que fussent ses goûts, force était pour le présent de leur imposer silence et de s'accommoder des circonstances. Quand on n'a pas ce que l'on aime, il faut aimer ce que l'on a, comme dit le proverbe ; on n'avait pas de viande, il faudrait aimer les légumes ; on n'avait pas de bière, il faudrait aimer l'eau.

En attendant l'heure du dîner, Mahorra était allé explorer les environs. Il rapporta quelques fruits que l'on ajouta au menu du repas.

Quand il fut prêt, tout le monde se réunit sous une vaste toile carrée fixée par ses quatre coins à des arbres, et l'on mangea en commun.

« Est-ce que vous comptez rester longtemps avec nous? demanda Sissa, le chef des deux familles indigènes.

— Non, répondit M. Manning, nous n'abuserons pas de votre obligeance et nous abrégerons le plus possible la durée de l'hospitalité que vous voulez bien nous donner.

— Oh! plus longtemps vous serez avec nous, plus vous nous ferez de plaisir. La pêche et la chasse sont fructueuses, les fruits abondent; et nous pourvoirons facilement à vos besoins.

— Il y a longtemps que vous habitez ici?

— Oui, plusieurs années. Nous n'y manquons de rien, aussi n'éprouvons-nous pas le désir d'aller ailleurs. Qui sait si nous ne perdrions pas au change? Quand des bateaux abordent à la côte, nous offrons à leur équipage le produit de notre chasse et de notre pêche, quelques fruits choisis avec soin; et l'on nous donne en échange un peu de poudre pour nos carabines ou un peu de toile pour nos besoins domestiques.

— Vous devez voir passer beaucoup de navires? interrogea M. Robanoff.

— Oui, il est rare qu'un jour s'écoule sans que nous en apercevions. Hier encore, un bâtiment était stationné à une faible distance de la côte; il a levé l'ancre ce matin. Puis, à quatre heures de marche se trouve la petite baie de Rangor, où viennent aborder souvent des marchands d'esclaves.

— Des marchands d'esclaves?...

— Oui, ils arrivent dans de légères embarcations, descendent à terre et achètent quiconque est à vendre.

— Je croyais, dit M. Manning, que les Indiens aimaient trop leur liberté pour accepter la condition d'esclaves.

— Et vous avez raison. Mais il arrive assez fréquemment que des querelles ont lieu entre petites tribus; on en vient à des batailles sanglantes et les prisonniers sont vendus.

— Et ces prisonniers sont assez nombreux pour alimenter le commerce des esclaves? .

— C'est à croire. Les emplacements où se fait le trafic sont disséminés sur la côte et on a soin d'é-

viter que les autorités anglaises les connaissent.
Quand l'un d'eux vient à être découvert, on choisit
un autre endroit, de manière à ne pas être surpris.
Or, ce qui se passe ailleurs, je l'ignore ; mais ce que
je sais, c'est que lorsqu'une embarcation d'esclaves
arrive à la baie de Rangor, elle trouve régulièrement à son point d'atterrissement des Indiens qui
amènent des prisonniers.

— Ces embarcations viennent donc à dates fixes ?

— Oui, autant que possible ; mais au besoin ceux
qui les attendent patientent un jour ou deux. »

Sissa ne s'en doutait pas, mais les renseignements
qu'il donnait sur le commerce des esclaves avaient
pour ses hôtes un intérêt capital. Mahorra avait
appris que les Indiens entre lesquels William et
Maria étaient tombés avaient dessein de les vendre ;
si le hasard — la Providence bien plutôt — voulait
que les deux jeunes gens fussent amenés à la baie
de Rangor, peut-être serait-il possible de les sauver.
Aussi bien l'emplacement était-il sans doute plus
rapproché de Tungara que tous les autres lieux de
rendez-vous similaires, de sorte qu'il était permis
de concevoir une espérance fondée sur de sérieuses
probabilités.

Tout en écoutant Sissa, les Robanoff et les Man-

ning se regardaient. Leurs sentiments étaient iden-
tiques, et ils se comprenaient sans rien dire. De leur
côté, les serviteurs prêtaient aux discours de l'Indien une attention toute particulière, et l'on devinait
aisément à l'expression de leurs physionomies que
ce que leurs maîtres pensaient, ils le pensaient
aussi.

« Et, demanda M. Robanoff d'une voix légèrement tremblante d'émotion, quelles sont les dates
où a lieu le marché dans la baie de Rangor?

— Au milieu et à la fin de chaque mois, répondit
Sissa. Quelquefois il arrive plusieurs embarcations,
quelquefois aussi il n'en vient aucune. »

Or on était au 10 mars, et nos amis se disaient
que si William et Maria devaient être vendus, ce
serait sans doute dans cinq jours.

Cinq jours!... Dans cinq jours ils reverraient
peut-être les deux jeunes gens, dans cinq jours ils
pourraient peut-être les arracher à leur malheureux
sort. Ah! s'il en était ainsi, comme on se conso-
lerait aisément de la catastrophe récente et des
souffrances endurées!

Certes, ils ne se dissimulaient pas que la tentative sur laquelle reposait tout leur espoir serait
difficile et périlleuse ; mais ils étaient d'ores et déjà

bien décidés à risquer leur vie et à ne reculer devant
aucun obstacle. Tout ce qu'ils demandaient, c'est
que William et Maria fussent amenés à la baie.

M. Robanoff et M. Manning se firent encore donner quelques détails importants; ils demandèrent,
par exemple, quel était habituellement le nombre
des pirates qui montaient les embarcations, la nature de ces embarcations et l'armement qu'elles
avaient à bord.

« Cela dépend, répondit Sissa; mais, en général,
les marchands d'esclaves ont de petits voiliers mal
équipés et sans canons. Ce sont des bateaux vieux
et usés aux trois quarts, qu'ils achètent à bas prix,
mais qu'ils manœuvrent avec une remarquable habileté. Il y a à bord de dix à quinze hommes, et cela
suffit. Les esclaves ne nécessitent, en effet, aucune
surveillance; ils sont, dès leur embarquement, des-
cendus au fond de la cale et solidement garrottés.

— Mais dans ces conditions, observa M. Manning,
les pirates ne seraient guère en état de se défendre,
s'ils étaient attaqués.

— C'est très vrai, mais ils ne le sont jamais ou
presque jamais. On ne se doute pas de la nature du
commerce auquel ils se livrent; ils ont toujours soin
de transporter et de mettre bien en évidence des

marchandises dont on suppose qu'ils font le trafic, et ils passent pour d'honnêtes marins que nul ne songe à inquiéter.

— Mais encore, s'ils venaient à être découverts et poursuivis?...

— Il leur serait à peu près impossible d'échapper, parce que leurs bateaux avancent lentement; et, d'autre part, ce ne sont pas les quelques carabines qu'ils possèdent dont ils pourraient se servir utilement. »

C'est avec une satisfaction qu'ils ne songeaient même pas à dissimuler que nos amis accueillirent ces renseignements; et le soir, quand chacun se fut retiré pour le repos dans l'emplacement qui lui était attribué, M. Robanoff, M. Manning et les quatre jeunes gens retournèrent longuement dans leur esprit, avant de se laisser aller au sommeil, les propos de Sissa.

Le lendemain, dès le lever du jour, Mahorra était debout. Il partit sans bruit de la hutte, où tout le monde dormait encore, et, regardant la mer, il chercha à découvrir quelque bateau sur sa vaste nappe. Mais il n'aperçut ni voile ni fumée.

« Patience! se dit-il, nous avons encore quatre jours devant nous pour prendre nos dispositions, et sûrement il nous arrivera d'ici là quelques marins qui nous aideront. »

Il se promena quelque temps sur la plage, plongé dans ses réflexions, établissant sans doute un plan d'attaque contre les pirates et contre les gardiens de William et de Maria.

Puis, soudain il s'arrêta.

« Et si nos prévisions ne se réalisaient pas... pensait-il; si l'on n'amenait pas nos jeunes maîtres à la baie de Rangor?...

Mais, non, tout tendait à prouver qu'on les y amènerait; d'après ce que l'Indou avait appris à Puctoo, les captifs devaient être vendus, et il y avait mille à parier contre un qu'ils seraient conduits à Rangor.

Mahorra reprit sa marche.

« Notre petite troupe se compose de dix-neuf personnes, se disait-il; même si nous ne devons compter que sur nos propres forces, nous pouvons réussir à délivrer nos prisonniers. L'important sera de surprendre vendeurs et acheteurs au moment où ils s'y attendront le moins et de fondre sur eux à l'improviste. Et pour cela, il sera nécessaire de bien étudier d'avance le terrain sur lequel nous aurons à nous battre, d'examiner les accidents qu'il com-

porte et de les utiliser pour nous cacher. La ruse
nous servira autant que le courage. »

Il en était là de ses réflexions lorsque, levant la
tête, il lui sembla apercevoir à l'horizon de la mer
un léger flocon de fumée. Il passa la main sur ses
yeux, regarda attentivement... oui, il croyait bien
ne pas se tromper, une mince traînée noirâtre lui
apparaissait dans le lointain.

Il attendit, tremblant d'émotion, pendant quelques minutes, avant d'acquérir la certitude qu'il ne
s'illusionnait pas. Mais bientôt il n'y eut pas à en
douter : c'était bien un bateau à vapeur qui faisait
une tache dans l'azur du ciel. Il se rapprochait de
la terre et l'on pouvait déjà distinguer confusément
sa mâture et sa coque.

Mahorra courut à la hutte.

« Vite, cria-t-il, faisons des signaux ; il y a un
navire en vue ! »

En un clin d'œil tout le monde fut sur le rivage.
Les fugitifs poussaient des exclamations de joie, se
serraient les mains, pleuraient presque d'attendrissement. Rahib monta sur un arbre élevé, s'établit
du mieux qu'il put près du sommet et agita un
morceau de toile blanche.

« Sans doute, dit M. Manning, le steamer est encore trop loin pour que son équipage puisse nous apercevoir, et il serait bon que nous tirions tous ensemble des coups de carabine dont le bruit parviendrait peut-être jusqu'à lui. »

On suivit le conseil, et, grâce à une parfaite simultanéité, une détonation retentit, aussi forte que celle d'un canon.

Quelques secondes se passèrent dans une attente pleine d'anxiété; puis tout à coup on entendit une seconde détonation : c'était le steamer qui répondait à l'appel de nos amis.

De la hutte, Sissa regardait avec curiosité ce qui se passait, se demandant quel intérêt ses hôtes pouvaient avoir à communiquer avec le navire. A la précipitation avec laquelle ils avaient cherché à attirer l'attention de l'équipage et à la joie qu'ils manifestaient maintenant qu'ils étaient sûrs d'avoir été entendus et vus, il était évident qu'ils attachaient la plus haute importance à ce que le steamer vînt à eux. Mais pourquoi? c'est ce qu'il cherchait en vain.

Quant à questionner sur ce point un des membres de la troupe, il n'osait pas. Et, du reste, à quoi bon? S'il s'agissait de quelque dessein secret; on se garderait sûrement de le mettre dans la confidence, et, au lieu de lui dire la vérité, on lui donnerait sans doute une fausse explication.

Ce n'était pas qu'il redoutât, en ce qui concernait sa famille et lui, le moindre événement fâcheux. Il était bien trop pauvre et bien trop inoffensif pour exciter la cupidité ou la vengeance d'autrui. Il n'avait jamais fait de mal à personne, partant ne craignait pas qu'on voulût lui en faire.

Cependant il était fort intrigué.

Le navire avançait; avant une heure il serait à la côte. Ses mâts et sa proue se dessinaient déjà très nettement.

Sahib était descendu de l'arbre où il s'était perché et avait rejoint ses compagnons, qui, muets et palpitants, tenaient leurs regards fixés sur le steamer.

Bientôt on distingua le pavillon; il était aux couleurs russes. Puis on lut sur la corvette le nom qu'elle portait : le *Violan*.

« Des compatriotes, dit M. Robanoff; heureuse aubaine !

— Il aurait peut-être mieux valu pour nous que le bâtiment portât les couleurs anglaises, répondit M. Manning. Les Russes ne peuvent pas s'ingérer dans les affaires du pays et nous donner un secours

effectif; tandis que les Anglais ont, non seulement
le droit, mais encore le devoir de s'opposer par la
force à toute tentative de rébellion et de défendre
quiconque a été victime de la fureur des indigènes. »

Enfin le *Violan* jeta l'ancre à une faible distance
de la côte; les marins mirent un canot à flot; le
capitaine y descendit et quatre rameurs le conduisirent à terre.

Ce fut naturellement M. Robanoff qui porta la
parole, et exposa en langue russe la situation dans
laquelle se trouvait la petite troupe.

« Voilà qui est très délicat, dit le capitaine quand
il eut tout entendu. Si vos deux prisonniers sont
effectivement amenés à la baie de Bangor pour être
vendus à des pirates, nous pourrons agir, parce
que les lois internationales défendent la traite des
esclaves et que les autorités maritimes doivent l'empêcher par tous les moyens possibles; mais s'il n'en
est pas ainsi, nous ne saurions nous mettre au
service de vos intérêts, quel que soit notre désir de
le faire; ce serait, en effet, violer la neutralité à
laquelle nous sommes astreints. La corvette que je
commande a été envoyée par le gouvernement russe
dans ces parages pour protéger les sujets du tsar

dont la liberté et la sécurité pourraient être mena-
cées ; mais, s'il m'est permis d'accueillir sur mon bâtiment quiconque me demandera de l'y recevoir, il
m'est interdit de prendre fait et cause pour personne et de recourir à la force des armes même pour
obtenir la réparation légitime d'une injustice. Du
reste, j'ajoute que je ne vous abandonnerai pas.
J'ai pour mission de surveiller la côte ; en restant
auprès de vous quelques jours, je ne faillirai pas au
mandat que j'ai reçu. Et croyez bien que si les circonstances ne s'y opposent point, je serai votre
auxiliaire et défendrai vos intérêts avec autant de
zèle que s'ils étaient les miens propres. Vous avez
fait appel à moi, je suis venu ; je puis peut-être vous
être utile, je ne vous abandonnerai pas. Je sais, pour
avoir longtemps navigué dans ces eaux, qu'il y a
près d'ici, une grotte très propre à un campement.
Je vais m'y installer pour quelques jours avec mon
lieutenant et quelques-uns de mes marins. Surveil-
lez la baie, et si nos prévisions se réalisent, c'est-à-
dire si l'on y conduit pour être vendus votre fille et
le fils de votre ami, comptez sur moi pour les délivrer. Vous n'aurez qu'à me prévenir.

— Merci, répondit M. Robanoff ; mais permettez-
moi de vous faire observer que si le *Violan* demeure

où il est, visible de loin, aucun bateau pirate n'osera
venir à la baie.

— Votre remarque est très juste, et ce que vous
me dites, je me l'étais déjà dit. Aussi mon intention est-elle de faire stationner ma corvette dans
un endroit où elle sera cachée par les accidents de
la côte. Près de la grotte dont je vous ai parlé se
trouve une anse dissimulée par de grands arbres
et où l'eau est assez profonde pour que nous y puissions pénétrer. C'est là que ma corvette mouillera. »

M. Robanoff, M. Manning et Mahorra accompa-
gnèrent le capitaine Lilienstern jusqu'à la grotte ;
le canot les suivait en longeant le rivage.

« Voici l'endroit, dit l'officier russe, quand on
eut atteint l'entrée de la caverne. Cherchez à vous
renseigner sur ce qui va se passer et tenez-moi au
courant. Je vais envoyer des ordres à mon lieutenant pour qu'il se conforme aux dispositions que je
vous ai indiquées. »

Quelques instants après, M. Robanoff, M. Manning et Mahorra étaient de retour à la hutte. Le
canot était déjà reparti pour aller rejoindre la corvette.

Dès que Franck aperçut son père, il courut à lui.

« Je crains, lui dit-il, que nous soyons trahis.

— Comment? trahis!

— Sissa n'est plus ici; j'ai bien peur qu'il ait en partie deviné nos projets et qu'il soit allé au devant de ses compatriotes pour les avertir du risque qu'ils courraient en venant ici dans trois jours.

— C'est impossible; nous n'avons rien dit devant lui qui ait pu lui donner l'éveil.

— Alors, comment expliquer sa disparition?

— Il sera allé chasser.

— J'en doute. Du reste, nous serons bientôt fixés. S'il n'est pas revenu à la hutte dans quelques heures, nous saurons, n'est-ce pas, à quoi nous en tenir. »

Les heures se passèrent et Sissa ne revint pas. Le *Violan* avait quitté l'endroit où il avait jeté l'ancre pour se dissimuler dans l'anse dont avait parlé son capitaine, le jour avait baissé, — et l'Indien n'avait point reparu.

« Voici qui est grave, dit M. Manning. Que faire?

— Nous mettre à la poursuite du traître, répondit M. Robanoff, et le rattraper, s'il est possible, avant qu'il ait rejoint nos ennemis.

— Eh oui, observa Mahorra, mais c'est plus facile à dire qu'à exécuter.

— Pourtant je ne vois pas d'autre remède. A quelle heure Sissa a-t-il disparu?

— Pendant que vous étiez absents, dit Franck.

— En ce cas, dit M. Manning, il est sans doute déjà loin.

— Sûrement, fit Mahorra; et quelle route a-t-il prise? où le retrouver?

— Probablement il se sera dirigé vers la baie de Rangor, dit M. Robanoff. Quoi qu'il en soit, du reste, il faut à tout prix essayer de le rattraper.

— Soit, conclut Mahorra. Et pour ne pas diminuer nos chances de succès, déjà bien faibles, mettons-nous en route sur-le-champ.

— Il faudrait peut-être prévenir le capitaine Lilienstern de ce qui arrive, suggéra Franck.

— Oui, l'un de nous va se rendre auprès de lui, » répondit M. Manning.

Ce fut Vilsko que l'on chargea de la mission. Il courut à la grotte, où était déjà installé le capitaine du *Violan* avec son lieutenant et quelques marins.

« Nous sommes trahis », dit-il en entrant.

Et il raconta ce qui se passait, la fuite précipitée de Sissa, sa cause probable, la poursuite qu'on entreprenait.

Le capitaine déclara son impuissance, l'inaction à laquelle il était condamné; mais ses ordres étaient

FIG. 5. PAGE 90.

« Nous sommes trahis », dit-il en entrant.

formels : il ne devait point faire acte d'hostilité et sous aucun prétexte il ne pouvait prendre sur lui d'enfreindre la consigne reçue.

« Retournez auprès de vos maîtres, dit-il à Vilsko, et donnez-leur de ma part l'assurance que je ne désire rien tant que leur être utile ; mais ajoutez qu'il me sera impossible d'intervenir tant qu'ils ne m'auront pas fourni la preuve que leurs ennemis violent les lois internationales. »

Vilsko se retira, et, prenant sa course, se lança sur les traces de nos amis, qu'il eut bientôt rejoints. Il leur fit part des dispositions du capitaine, et ajouta :

« Courage, il n'y a encore rien de perdu. La situation était, quand nous avons abandonné Tungara, autrement critique qu'elle ne l'est aujourd'hui. Il n'y a nullement lieu de désespérer ; que nous rencontrions seulement nos ennemis, la délivrance de nos chers prisonniers est certaine. Et, de Sissa qui veut une chose, et de nous qui en voulons une autre, nous verrons qui l'emportera. »

CHAPITRE VI

UNE CHASSE A L'HOMME. — PREMIER SUCCÈS.

La baie de Rangor était à quatre heures de marche et il fallait se hâter pour l'atteindre avant la tombée de la nuit. La première chose à faire était évidemment de l'explorer, de rechercher les chemins qui y aboutissaient et par lesquels y pouvaient arriver les Indiens avec les prisonniers qu'ils avaient dessein de vendre. C'était sans doute sur l'un de ces chemins que Sissa comptait rencontrer ses compatriotes et les prévenir du danger qui les menaçait.

Les voyageurs arrivèrent après une course rapide et fatigante; mais ils se refusèrent tout repos et commencèrent sans perdre de temps leur examen topographique.

La baie de Rangor est toute petite, et seuls les bateaux de très faible tonnage peuvent, même à marée haute, pénétrer dans l'intérieur. Nos amis en eurent vite fait le tour. Ils remarquèrent qu'elle n'offrait qu'un point d'atterrissement commode : c'était un endroit où la terre se terminait suivant un plan vertical; partout ailleurs l'eau était trop peu profonde pour que l'on pût aborder.

Du reste, il était facile de reconnaître à des signes certains que c'était bien à ce point que les pirates embarquaient leurs esclaves : le sol portait des traces de pas et des débris de bouteilles gisaient çà et là.

« Si nos ennemis doivent venir, dit M. Robanoff, c'est ici qu'il faudra les attaquer.

— Je ne suis pas de votre avis, répondit Mahorra. La ruse nous sera aussi nécessaire que le courage, et j'estime que pour assurer notre succès il conviendra de nous mettre en embuscade et de rester cachés jusqu'à ce qu'un moment vienne où nous puissions fondre à l'improviste sur nos adversaires. Les surprendre tandis qu'ils se reposeront sans défiance, étendus sur le sol, voilà le parti qui me paraît être le plus sage. Or, ici, le terrain est plat et dénudé, sans rien pour dissimuler notre présence; aussi mieux vaudra, je crois, nous battre ailleurs.

— Oui, mais où?

— Attendez, nous allons essayer de le savoir. »

Il s'éloigna lentement, les yeux fixés à terre, et se dirigea vers un bois dont la lisière n'était qu'à une portée de fusil du rivage, qu'elle longeait sur une vaste étendue.

Ses compagnons le suivirent.

« Il est probable, dit-il tout en marchant, que c'est dans ce bois que les Indiens attendent l'arrivée des pirates et c'est là sans doute que Sissa cherche à les rejoindre. Ils doivent y camper dans quelque clairière; c'est à ce gîte qu'il faudra les surprendre.

— Mais, en ce cas, observa M. Manning, nous serons obligés de nous passer de l'aide des marins du *Violan*.

— C'est vrai, mais de deux choses l'une : ou bien les Indiens seront peu nombreux, et alors nous n'aurons besoin d'aucun secours; ou bien ils seront en force, et alors nous les laisserons vendre leurs prisonniers aux marchands d'esclaves, que la corvette russe poursuivra sur mer et capturera facilement, grâce à sa vitesse et à son armement.

— A merveille, dit à son tour M. Robanoff; mais cette clairière, comment la découvrir?

— Sans peine. Pour nous autres Indous, rien n'est

facile comme de trouver et de suivre une piste;
quelque faiblement qu'elle soit marquée, nous ne la
perdons pas, pourvu qu'elle n'offre pas trop de solu-
tions de continuité. Habitués à la vie nomade, nous
voyons ce que ne verraient pas les habitants des
villes; la moindre empreinte laissée sur le sol nous
est un indice. En ce moment, je me guide avec autant de certitude que si je cheminais le long d'une
route. J'aperçois de loin en loin de légères traces de
pas qui me suffisent; je suis absolument certain que
l'on est souvent passé par ici. »

On atteignit bientôt le bois.

« Tenez, reprit Mahorra, voici la preuve que je ne
me suis pas trompé. »

Du doigt il montrait un étroit sentier qui s'enfonçait dans les taillis.

« Ici, dit-il, il a fallu, faute d'espace, que l'on
marchât en file; aussi voyez comme le terrain est
battu. Du reste, il serait difficile de pénétrer ailleurs
dans le bois, tant il est touffu. »

On marcha encore quelques minutes, Mahorra
tenant la tête de la colonne.

Soudain il s'arrêta.

« Nous voici arrivés ! » s'écria-t-il.

Nos amis débouchèrent, en effet, dans une clai-

rière gazonnée où il était manifeste que l'on avait
campé; elle était de forme à peu près rectangulaire,
bien ombragée, et avait une superficie d'environ
150 mètres carrés. Du côté opposé au rivage, un
chemin apparaissait, et c'étaient évidemment par là
qu'arrivaient les conducteurs d'esclaves.

« Maintenant, dit Mahorra, notre plan d'action me
semble tout tracé. Pour le présent, la nuit tombe ;
dînons tant bien que mal des quelques fruits que
nous pouvons cueillir aux arbres; les mangues abondent et nous ne risquons pas de mourir de faim.
Notre estomac satisfait, ou à peu près, nous tâcherons de dormir; le gazon de la clairière nous servira
de matelas; c'est peu élastique, j'en conviens; mais
quand on est fatigué comme nous le sommes, c'est
là une considération de peu d'importance. Du reste,
qui veut la fin veut les moyens. Demain matin, au
lever du jour, nous suivrons le chemin qui mène ici;
il aboutit sans doute à une route; c'est là qu'il faudra tâcher de découvrir Sissa. »

L'Indien parlait sagement et son programme fut
adopté sans objection. On mangea de bon appétit,
sous le feuillage des grands arbres dont les branches faisaient une espèce de dôme à la clairière. Puis
on s'étendit sur le sol, tandis que les étoiles appa-

raissaient au ciel, jetant leurs pâles lueurs sur la nature silencieuse.

« C'est égal, dit à voix basse Harry à son *voisin de lit*, ce n'est pas drôle l'existence que nous menons.

— Bah! c'est plein de pittoresque.

— Merci, il est joli, le pittoresque! Pour ma part, j'aimerais mieux la tranquillité.

— Allons donc, c'est charmant de courir les aventures. Ne pas savoir le matin où l'on couchera le soir, se demander sans cesse s'il ne faudra pas défendre sa peau contre des sauvages, s'attendre à être attaqué par des bêtes féroces, s'accommoder du sol pour dormir et de fruits pour manger, voilà de quoi former un homme et lui tremper le caractère. La tranquillité, dis-tu..., mais c'est monotone, la tranquillité, c'est ennuyeux. Et puis songe donc que tu auras tout un roman à raconter à tes amis et connaissances, lorsque tu retourneras quelque beau jour en Angleterre...

— En Angleterre!... Ah! plût au ciel que j'y fusse toujours resté, au lieu de venir chercher aux Indes une fortune qui n'a pas l'air de vouloir montrer le bout de son nez! Au moins, là-bas... »

Le serviteur allait continuer ses jérémiades, lorsqu'il aperçut la silhouette de Vilsko, qui, debout, étendait la main vers lui comme pour lui imposer silence.

« Qu'y a-t-il? demanda Mahorra, qui ne dormait pas encore.

— Applique ton oreille contre la terre et écoute, » lui répondit Vilsko.

Mahorra obéit.

« N'entends-tu rien? interrogea Vilsko.

— Si, il me semble percevoir...

— Un léger bruit de pas, n'est-il pas vrai?

— Oui. C'est Sissa qui se promène sans doute.

— Apparemment.

— Ainsi, il n'est pas loin.

— Non, mais malheureusement c'est en vain que nous le chercherions; l'obscurité de la nuit rendrait notre tentative inutile.

— Que chuchotez-vous là? » interrogea Harry.

Vilsko se pencha vers lui et lui dit à l'oreille :

« Nous venons d'entendre Sissa.

— Sissa! allons donc!

— Doucement. Je vous assure qu'il est près de nous.

— Restez tranquille. Peut-être va-t-il apparaître, et, nous prenant pour ceux qu'il attend, viendra-t-il se livrer à nous. »

Vilsko se recoucha, mais Mahorra et lui se gardèrent bien de s'endormir. Même, pour donner le change à Sissa et l'attirer, ils se mirent à fredonner une vieille chanson indienne.

Ils ne l'avaient pas terminée qu'ils aperçurent une forme noire déboucher dans la clairière.

C'était Sissa.

Debout, immobile, il cherchait à distinguer les personnages étendus sur le sol; mais la nuit était noire et il n'y voyait que très confusément. Mahorra et Vilsko s'étaient bien gardés d'interrompre leur chanson; il se laissa prendre au piège.

« Frères, dit-il, frères, réveillez-vous.

— Que voulez-vous? répondit Mahorra.

— Vous sauver d'un danger. Écoutez-moi. »

Il fit quelques pas en avant et il allait parler lorsque soudain Vilsko et Mahorra se précipitèrent sur lui, et, avant qu'il eût eu le temps de se défendre ou de tenter de fuir, le saisirent par les bras.

« Alerte! » crièrent-ils.

Immédiatement tous les membres de la troupe furent sur pieds.

« Nous tenons le traître, » dirent les deux Indiens.

Une exclamation de surprise et de joie s'éleva.

« Pardon! » murmurait Sissa.

Il tremblait de tous ses membres et cherchait à joindre les mains en signe de supplication.

Rahib alla couper quelques lianes avec lesquelles on garrotta solidement le prisonnier; et pendant qu'on le réduisait à l'impuissance, M. Robanoff et M. Manning félicitèrent Mahorra et Vilsko de leur exploit. Puis on agita la question de savoir si l'on passerait dans la clairière le reste de la nuit ou si l'on retournerait sur-le-champ à la hutte. Certes on était bien fatigué; cependant on préféra partir immédiatement. On arriverait avant minuit, on aurait jusqu'au jour grandement le temps de dormir et l'on pourrait prévenir de bonne heure le capitaine Lilienstern du succès de la chasse.

On marcha vite. Sissa cheminait entre les deux Indiens qui s'étaient emparés de lui. Quand on fut arrivé, on attacha avec des cordes les habitants des deux huttes et le traître de telle manière qu'il leur fût impossible de faire un mouvement; puis on s'endormit, après avoir décidé que les serviteurs monteraient la garde à tour de rôle auprès des prisonniers.

Le lendemain matin, M. Robanoff et M. Manning allèrent rei. lre visite au commandant de la corvette.

« A merveille, leur dit celui-ci, quand il eut été

mis au courant; maintenant vous n'avez plus qu'à vous préparer au grand événement. »

Il fut décidé que si les conditions du combat étaient favorables, la petite troupe attaquerait les Indiens dans la clairière; dans le cas contraire, elle laisserait embarquer Maria et William et le *Violan* se chargerait de rattraper les pirates et de s'emparer de leur embarcation.

Les heures parurent longues en attendant le jour décisif. Enfin le 14 arriva, et nos amis repartirent pour la clairière, après avoir conduit Sissa et sa famille sur la corvette, où le capitaine avait consenti à les garder pendant le temps nécessaire. Quand on eut atteint le bois, Mahorra colla son oreille sur la terre et écouta.

« Nous n'avons pas besoin de nous presser, dit-il; je n'entends aucun bruit de pas. »

On choisit les emplacements que chaque membre de la troupe devait occuper; puis on examina les armes et l'on distribua des munitions. M. Manning s'était chargé du commandement.

Le soir vint, l'obscurité tomba; aucun incident ne se produisit. Chacun était à son poste, attentif au moindre bruit. Mais la nuit tout entière se passa sans que le silence du grand bois fût troublé.

L'aube parut enfin et les oiseaux commencèrent leur ramage. Si les Indiens devaient arriver, ils ne pouvaient pas tarder à apparaître.

Soudain, Rabib dit à demi-voix :

« Attention ! les voilà !

— Oui, ajouta Mahorra, je les entends ; mais ils sont encore loin. »

Trois quarts d'heure s'écoulèrent, pendant lesquels un bruit de pas, d'abord très faible, alla en augmentant. A présent, ce bruit était très distinct et il était facile de reconnaître que ceux qui approchaient étaient nombreux.

Après une courte attente, nos amis virent enfin déboucher dans la clairière une longue file d'Indiens. Tout à coup un jeune homme parut à son tour : c'était William.

A sa vue, les Manning et les Robanoff eurent peine à réprimer un cri. L'émotion les étreignait, leurs visages étaient blancs comme de la cire et leurs mains tremblaient. Mais il fallait à tout prix rester maître de soi, et par un violent effort de volonté ils dominèrent leur trouble et reprirent leur sang-froid. Ils s'attendaient à voir d'une seconde à l'autre apparaître Maria ; mais cette espérance était vaine : Maria ne parut pas !

Les Indiens étaient plus de cinquante, tous armés, et M. Manning jugea que les chances du combat n'étaient pas égales. Du moins il était inutile de songer à cerner les ennemis et à les empêcher de s'enfuir en emmenant William.

Dissimulés dans d'épais fourrés, les membres de la petite troupe ne perdaient rien de ce qui se passait dans la clairière. Ils virent les Indiens tenir un conciliabule, puis envoyer un des leurs dans la direction du rivage.

Celui-ci revint bientôt.

« Il n'y a encore rien en vue, » dit-il.

Les indigènes attendirent, mangeant, buvant, causant, chantant. William s'était assis sur le gazon et paraissait méditer tristement. En quinze jours, il avait considérablement changé; il était amaigri et semblait avoir perdu sa fierté et son énergie. La souffrance était peinte sur son visage et son attitude témoignait d'un profond abattement. Il portait, pour tout costume, un pantalon rapiécé et usé, une veste trouée à maint endroit. Il n'avait ni chaussures ni chapeau.

« Pauvre enfant, songeait M. Manning, dans quel état je te retrouve! »

Quant à M. Robanoff, c'était surtout à Maria qu'il

pensait. Il se demandait avec angoisses pourquoi elle n'était pas là et ce qu'elle était devenue.

De temps en temps un des Indiens quittait la clairière et allait interroger l'horizon de la mer. Ce ne fut que vers 3 heures de l'après-midi que l'un d'eux apporta à ses compagnons la nouvelle qu'un voilier était en vue.

« Il est encore loin, dit-il, et il ne faut pas compter qu'il soit ici avant deux bonnes heures, même si le vent est favorable. Autant que j'aie pu en juger, c'est le *Sumatra*. »

Les Indiens restèrent encore quelques instants dans le bois; puis ils se dirigèrent vers la baie, emmenant William. Dès qu'ils eurent disparu, nos amis se réunirent.

« J'ai cru, dit M. Manning, ne pas devoir vous donner le signal d'une attaque dont le résultat me semblait douteux; mieux vaut, puisque le capitaine Lilienstern y consent, laisser à sa corvette le soin de poursuivre l'embarcation des pirates et de délivrer William...

— Sans doute vous avez raison. Hâtons-nous, le temps presse...

— Mais Maria?... Comment se fait-il que nous ne l'ayons pas vue? »

M. Manning mettait le doigt sur le côté douloureux de la situation. On était maintenant à peu près
certain de réussir à arracher le jeune homme à sa
captivité; mais l'incertitude dans laquelle on était
sur le sort de la jeune fille çausait à tout le monde,
et à M. Robanoff en particulier, la plus cruelle
anxiété. D'après ce que Mahorra avait appris à
Puctoo, elle devait être vendue en même temps
que William; comment, dès lors, s'expliquer son
absence?

On en était réduit à des hypothèses dont aucune
ne pouvait avoir de base sérieuse, et, quel que fût
le désir de chacun de savoir à quoi s'en tenir, force
était de patienter, sans se laisser abattre par la
crainte d'une catastrophe que rien ne rendait probable.

Nos amis partirent pour la caverne où campait le
capitaine Lilienstern. D'abord ils marchèrent sous
bois, se frayant non sans peine un chemin à travers
l'enchevêtrement des buissons et des lianes. Puis,
quand ils purent, sans danger d'être aperçus des
Indiens, suivre le bord de la mer, ils hâtèrent le pas.

Il était près de 7 heures quand ils arrivèrent
à la grotte. En quelques mots M. Robanoff raconta
ce qui s'était passé.

« Moi, dit le capitaine, j'en sais un peu plus long
que vous. Tandis que vous reveniez, un de mes
hommes était posté près d'ici, sur une éminence de
terrain, d'où, à l'aide d'une longue vue, il surveillait
la baie de Rangor. Et voici ce qui a eu lieu. Votre
fils a été embarqué à bord du *Sumatra* et attaché
sur le pont au grand mât. Puis les Indiens se sont
retirés et le bateau a été amarré à la côte ; il est
probable qu'il ne prendra pas la mer avant plusieurs
heures, car il n'y a pas le moindre vent qui lui per-
mette d'avancer.

— Et que comptez-vous faire ? demanda M. Manning.

— Oh ! c'est très simple. Maintenant que je suis
bien certain d'avoir affaire à des marchands d'esclaves, et que j'ai, non seulement le droit, mais encore le devoir d'empêcher leur honteux commerce,
votre cause devient la mienne et je m'engage à délivrer le prisonnier. Seulement mieux vaut, à mon
avis, avoir recours à la ruse qu'à la force. Je sais que
quelques coups de canon suffiraient pour mettre à
ma merci l'équipage du *Sumatra*; mais il y aurait à
craindre, en agissant ainsi, que, plutôt que de se
rendre, les pirates ne fissent sauter leur bateau,
dans lequel cas votre fils périrait avec eux. Il est donc

plus sage de procéder différemment. Cette nuit,
quand les trafiquants de chair humaine seront endormis, se croyant sûrs de ne pas être inquiétés, je
lancerai un canot que quatre rameurs amèneront
sous les flancs du *Sumatra*; l'un d'eux grimpera sur
le pont, coupera les liens qui retiennent votre fils et
l'aidera à descendre dans le canot, qui fera force
d'avirons jusqu'ici.

— Et vous croyez au succès de cette tentative?

— Assurément. Il s'agit d'être circonspect et
d'avancer sans bruit, voilà tout. Or j'ai, parmi mes
matelots, de vieux loups de mer sur la prudence et
l'habileté desquels je sais pouvoir compter absolument. Laissez-moi faire, vous verrez.

— Pardon, capitaine, dit Franck, j'ai une grâce à
vous demander. Je désire prendre place dans le
canot et délivrer moi-même mon frère. Je suis jeune
et agile et nul ne mettra plus que moi tous ses soins
à réussir. »

Le capitaine Lilienstern fit quelques difficultés;
mais Franck insista tellement qu'il obtint gain de
cause.

Il était près de minuit quand le canot prit la mer.
La nuit était noire et c'est à peine si l'on distinguait
les feux du *Sumatra*. Franck était assis au gouvernail;

les matelots ramaient vigoureusement. Quand ils
eurent parcouru la moitié de la distance, ils s'arrêtèrent pour entortiller de leurs mouchoirs la partie
de leurs avirons qui portait sur le rebord de la
barque ; ils étaient sûrs d'éviter ainsi tout grince-
ment. Puis ils se remirent à l'œuvre, ralentissant
leurs mouvements et prenant soin de frapper l'eau
faiblement. Le canot avança avec lenteur, mais les
matelots manœuvraient avec tant d'adresse qu'il
était impossible de l'entendre.

Bientôt il arriva contre le Sumatra. Tout était
silencieux à bord du navire ; sans doute l'équipage
reposait. Du canot on pouvait atteindre l'une des
chaînes de fer qui retenaient le voilier au rivage ;
Frank saisit cette chaîne des deux mains et s'éleva
à la force des poignets jusqu'au parapet du vaisseau,
sur lequel il se mit à cheval.

Il écouta, mais aucun bruit ne parvint jusqu'à lui.
Il regarda ; et, malgré l'obscurité, il distingua près
de lui un amas de cordes, un peu plus loin des
barriques, et, au pied du grand mât une forme
humaine immobile. Il se laissa glisser doucement
sur le pont, où il rampa sur les mains et sur les
genoux. Peu à peu la forme humaine acquit plus
de netteté ; quand il fut tout près d'elle, il la re-

Fig. 6.

En quelques coups de couteau, il eut débarrassé William
de ses liens.

connut et un frémissement parcourut tout son corps : c'était William qui était devant lui.

Il s'arrêta, un doigt sur ses lèvres, l'œil fixé sur son frère, et resta ainsi jusqu'à ce qu'il eût été vu par le prisonnier. Puis il tira un couteau de sa ceinture et acheva de ramper jusqu'à William.

Il allait couper les cordes qui attachaient le jeune homme, lorsque tout à coup il entendit parler derrière le grand mât. Il releva la tête et aperçut trois hommes qui causaient. A en juger par leur costume et par la longue tresse de cheveux qui pendait dans leur dos, ce devaient être des Chinois.

Franck se sentit frissonner ; mais ce n'était pas le moment de perdre son sang-froid et il réagit contre son émotion. En quelques coups de couteau il eut débarrassé William de ses liens.

Aussitôt libre, celui-ci se baissa, et les deux frères se mirent à ramper sans bruit. Les Chinois continuaient à causer, n'ayant rien vu ni rien entendu.

« Par ici, » dit William à Franck.

Et il l'entraîna vers un point du *Sumatra* d'où pendait une échelle de cordes.

Les deux jeunes gens descendirent. Les marins qui montaient le canot, attentifs à tout ce qui se passait, les aperçurent et vinrent les recevoir dans

l'embarcation. Mais au moment où ils saisissaient
leurs avirons, une voix cria, sur le pont du navire :
— Alerte ! alerte !

Les braves matelots russes se mirent à ramer avec
toute l'énergie dont ils étaient capables ; la barque
glissait sur l'eau à une grande vitesse. Toutefois,
elle n'était guère qu'à une cinquantaine de mètres
du vaisseau lorsque plusieurs détonations retentirent. Par bonheur, l'obscurité était profonde et les
pirates avaient tiré un peu à l'aventure ; une balle
vint cependant se loger dans la coque du canot.

« Gagnons le rivage, dit l'un des marins, on va
sans doute nous poursuivre et nous risquons d'être
rattrapés, tandis qu'une fois sur la terre ferme, nous
serons hors de toute atteinte. »

Comme on exécutait le mouvement, une seconde
décharge d'armes à feu succéda à la première ; mais
toutes les balles se perdirent dans la mer.

Quelques minutes après, le canot abordait. Les
marins et les deux jeunes Anglais sautèrent à terre,
et tous se mirent à courir dans la direction de la
grotte où on les attendait anxieusemsnt.

Le jour se levait, quand de loin on les vit arriver.
Tout le monde se précipita à leur rencontre. William se jeta dans les bras de son père ; puis il em-

Fig. 7.   Page 110.

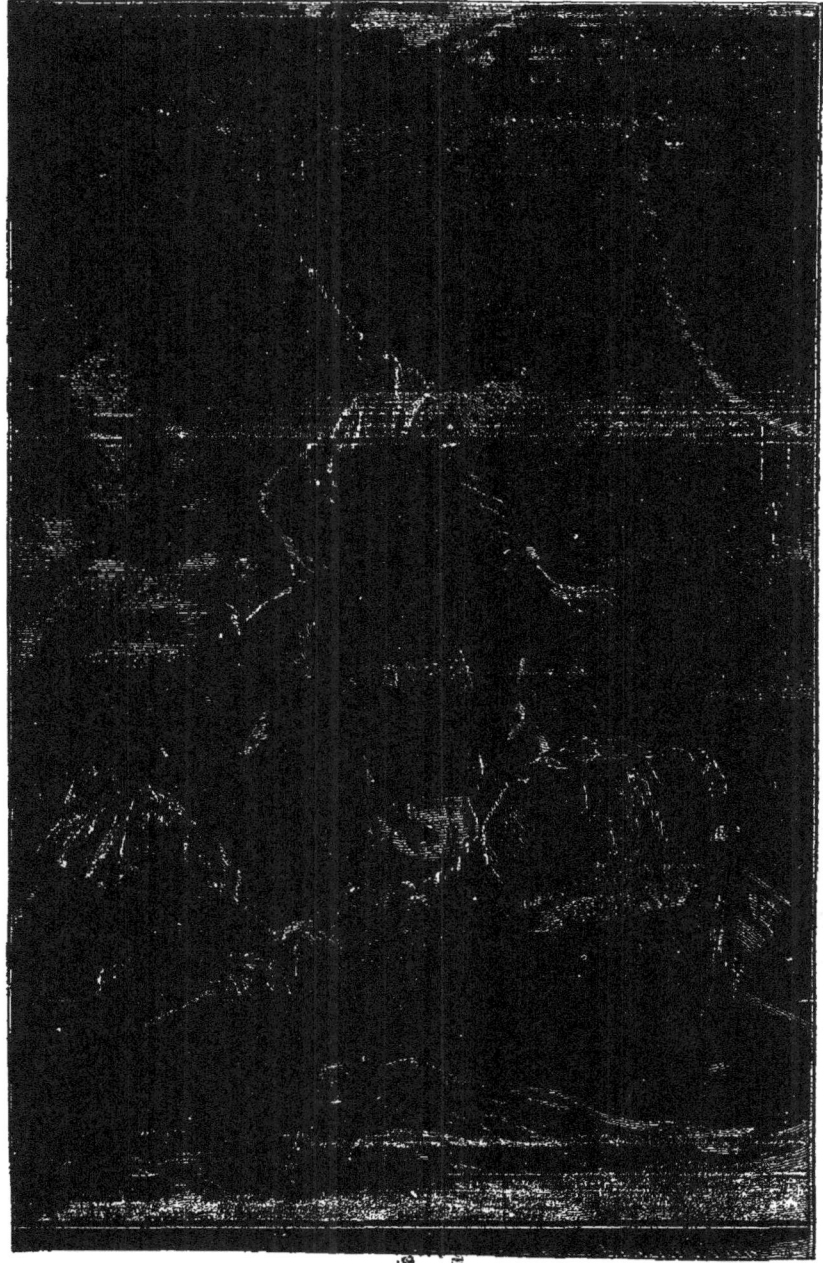

Les marins les reçurent dans l'embarcation.

brassa Robert et serra la main à tous ses amis.

« Je n'espérais plus te revoir, mon cher enfant, dit M. Manning. Ces coups de feu...

— Oui, mon père, les pirates ont tiré sur nous, mais ils ne nous ont pas atteints. »

Puis il se tourna vers M. Robanoff et ajouta :

« Maintenant c'est à Maria qu'il faut penser, c'est à sa délivrance qu'il faut nous appliquer.

— Hélas ! cette délivrance est-elle possible?

— Certes. Maria est à Tungara ; nous irons l'y chercher.

— Mais comment se fait-il qu'on ne l'ait pas vendue en même temps que vous?

— Elle était souffrante, fatiguée, amaigrie, et nos ennemis n'ont pas voulu l'amener dans cet état à la baie de Rangor, préférant attendre, pour la vendre plus cher, que les forces et la santé lui soient revenues. Du reste, j'en ai long à vous conter. Entrons dans la grotte, et je vous dirai tout ce qui s'est passé depuis le jour de notre séparation. »

CAHIER (S) OU PAGE (S) INTERVERTI (S) A LA COUTURE
RETABLI (S) A LA PRISE DE VUE.

DE LA PAGE 112
A LA PAGE 128

CHAPITRE VII

LE RÉCIT DE WILLIAM. — ATTAQUE DU « SUMATRA ».

On apporta à William et à ses libérateurs un déjeuner dont ils avaient grand besoin pour se remettre un peu de leurs fatigues et reprendre des forces ; on félicita chaudement Franck du courage et du sang-froid dont il avait fait preuve, et l'on n'oublia pas les quatre matelots dont l'habileté avait assuré le succès de l'entreprise.

Tout en mangeant, William commença son récit.

« Quand je me trouvai seul avec Maria au milieu de nos ennemis, je crus naturellement que nous allions être tués. Mais les Indiens de Tungara s'emparèrent de nous et se contentèrent de nous agonir d'injures. Puis quatre d'entre eux nous conduisirent au village, où l'on nous enferma tous les deux dans une hutte construite en terre et où l'air et le jour ne pénétraient par aucun orifice. On nous avait lié les pieds et les mains, et, avant de nous quitter, on nous dit : — Vous serez vendus comme esclaves.

« Maria, désolée, pleurait, et j'essayai en vain de la consoler un peu. Je m'efforçai de lui persuader, sans y croire moi-même, que tout n'était pas perdu, que l'on nous délivrerait peut-être, ou que nous réussirions à nous échapper ou à fuir ; mais rien ne pouvait calmer son désespoir.

— « Attendez, lui dis-je, je vais tâcher de creuser un trou dans le mur de terre de la hutte.

« Et, de mes mains solidement attachées, je commençai à gratter. Malheureusement la terre avait été durcie par la chaleur au point d'être presque aussi résistante que de la pierre et je m'abîmai les ongles et les doigts sans faire de progrès sensible.

« Je continuai pourtant. Combien d'heures se passèrent ainsi, je l'ignore ; dans l'obscurité profonde où nous étions, il était impossible de se rendre compte de la fuite du temps. Tout ce que je sais, c'est qu'un moment vint où, vaincue par la fatigue et l'épuisement, Maria s'endormit, et que quelques instants après je fus moi-même surpris par le sommeil.

« Nous fûmes réveillés par deux Indiens qui entraient, nous apportant de l'eau, du pain et quelques mangues. Par la porte entr'ouverte la lumière du jour pénétra dans notre étroite prison. Maria était étendue sur le sol, les joues pâles et les yeux rougis par les larmes, sa robe blanche tachée par l'humidité de la terre.

« Quand les Indiens se furent retirés, nous enfermant à clef, je rampai jusqu'à la porte et essayai de l'ébranler par de vigoureux coups d'épaules. Inutiles efforts!

— « Que faites-vous? me demanda Maria.

— « Je cherche quelque moyen de nous échapper d'ici, lui répondis-je.

— « Vous avez renoncé à creuser un trou dans le mur?

— « Non, mais c'est une entreprise longue et difficile et je voudrais trouver mieux.

— « Je puis vous aider.

« En effet, elle creusa avec moi. Ah! si nous avions eu seulement un morceau de fer! Mais j'avais tâté les murailles et le sol sans découvrir rien qui pût nous être de la moindre utilité.

— « Vous devez avoir grand'faim, Maria, dis-je au bout d'un moment. Mangez un peu.

— « Oh! non, je n'ai pas faim.

— « Il faut manger tout de même, par raison.

« Je lui donnai l'exemple et elle le suivit. Triste repas, s'il en fut jamais.

« Nous nous remîmes à l'ouvrage, qui fut seulement interrompu lorsque, vers le soir, on vint renouveler nos provisions.

« Pendant la nuit, — je suppose que c'était la nuit, — Maria se laissa tomber par terre.

— « Je n'ai plus la force de continuer, me dit-elle.

— « Tâchez de dormir, je travaillerai seul.

« Elle s'endormit, en effet, bientôt; mais dans son sommeil elle poussait de douloureux soupirs et des sons inarticulés s'échappaient de ses lèvres. Je pris sa main, interrogeai son pouls : elle avait une fièvre intense.

« Que faire? comment la secourir? Je ne trouvai rien de mieux que de retirer ma jaquette et de l'étendre sur elle pour tâcher de provoquer la transpiration. C'était sans grande efficacité, sans doute; mais je n'avais, hélas! point d'autre palliatif.

« Je repris ma besogne, mais le bout de mes doigts était tout écorché et j'avais à peine entamé le mur. J'eus l'idée de retirer une de mes bottines; j'y parvins non sans difficulté et je creusai avec son talon.

« Lorsqu'au matin, les deux Indiens chargés de nous porter des vivres entrèrent, je leur dis que

Maria était malade et les priai d'avoir pitié d'elle.

— « Pitié de vous autres Européens, répliquèrent-ils, jamais !

« Je compris que je ne réussirais pas à toucher leur cœur et je leur parlai de leur propre intérêt :

— « Remarquez que si cette jeune fille n'est pas rétablie quand le jour sera venu où vous comptez nous vendre, vous n'en trouverez qu'une très faible somme d'argent.

« Cet argument produisit son effet. Nos geôliers s'en allèrent sans rien répondre; mais ils revinrent un moment après, prirent Maria dans leurs bras et l'emportèrent.

« Resté seul, je poursuivis ma tâche. Au train dont elle avançait, je ne pouvais espérer percer un trou suffisamment large en moins d'une dizaine de jours. Puis, en admettant que j'y arrivasse, je me demandais comment je réussirais à me débarrasser de mes liens.

« J'en étais là de mes réflexions, lorsque soudain le talon de ma bottine grinça contre une surface polie. Je tâtai et reconnus au toucher que j'avais partiellement mis à nu un gros caillou. Je m'évertuai à l'extraire, et, quand j'y fus parvenu, je m'en servis pour poursuivre mon œuvre.

« La besogne, maintenant, allait un peu plus vite. Puis, ce qui m'encouragea et me donna quelque espoir, c'est que je rencontrai d'autres cailloux que j'enlevai facilement. J'avais atteint le milieu de la muraille.

« Trois journées se passèrent; je prenais à peine le temps de dormir. Chaque fois que mes geôliers venaient, je m'adossais à la partie du mur où je creusais, de manière qu'ils ne vissent pas le trou.

« Enfin, grâce aux cailloux dont je m'aidais, tantôt pour gratter, tantôt pour frapper et essayer de faire tomber la paroi externe du trou, je touchai au but de mes efforts. Un fragment de terre céda et un léger filet de lumière pénétra dans la hutte.

« Avant d'élargir l'orifice, j'écoutai attentivement; je n'entendis aucun bruit, excepté le chant de quelques oiseaux, et je supposai que ma prison n'était pas gardée.

« Bientôt on m'apporta mon repas du soir. Comme précédemment je m'adossai au mur, à la place du trou, tremblant qu'au moment où mon évasion était assurée, on n'en découvrît le secret. Cependant, au moment de fuir, je voulais essayer de savoir ce qu'il était advenu de Maria et je demandai de ses nouvelles à mes geôliers. Ils consentirent à me répondre.

— « Oh! elle n'est pas gravement malade, me dirent-ils; et nous en serons quittes pour la soigner encore une semaine ou deux. Au lieu de la vendre en même temps que vous, nous la vendrons quinze jours plus tard, voilà tout.

« La nuit venue, je m'efforçai de me débarrasser de mes liens en les usant par frottement contre l'un des gonds de la porte de la hutte. L'opération fut longue, mais je finis par délivrer mes bras. Il me fut alors facile de détacher les cordes qui m'entortillaient les jambes.

« Cela fait, je poussai la mince couche de terre qui fermait encore le trou; elle tomba. L'orifice que j'avais creusé était juste assez large pour que j'y pusse passer. Je m'y glissai non sans peine et bientôt j'étais libre.

« Toutefois je ne me dissimulai pas que si j'avais vaincu une première difficulté, il m'en restait encore bien d'autres à surmonter. Où me diriger? où me réfugier? Seul, sans argent, sans un ami parmi tant d'ennemis, où trouver un asile en attendant des jours meilleurs? Et puis, allais-je fuir sans essayer de délivrer Maria?

« Je résolus d'abord de m'éloigner, au moins momentanément, de Tungara, où je risquais d'être repris d'une minute à l'autre. Je reconnaissais l'endroit où je me trouvais : j'étais au nord du village, tout près de la route qui passe devant notre ancienne habitation.

« Notre ancienne habitation !... c'est là que je me décidai à me rendre. Certes, je n'avais pas l'espoir qu'elle eût été épargnée, moins encore celui d'y rencontrer quelqu'un des miens; mais je voulais la revoir.

« Je cheminai sous bois. Quand j'approchai, je crus devoir n'avancer qu'avec prudence; la maison pouvait être occupée par des Indiens. Mais, hélas ! je sus vite à quoi m'en tenir : tout avait été brûlé, à l'exception de quelques dépendances qui avaient été pillées.

« Dans une de ces dépendances, je trouvai des barriques vides; je m'installai de mon mieux dans l'une d'elles, et, harassé, m'endormis.

« A mon réveil, je songeai longuement et en arrivai à cette conclusion que le parti le plus sage à prendre était de vivre tant bien que mal dans les bois, en me cachant avec soin, jusqu'à ce que la révolte des Indiens fût terminée. Je me disais que les autorités anglaises auraient facilement raison des insurgés et que la pacification du pays n'était

qu'une question de jours. Alors, pensais-je, mon
père et mes frères reviendront et je les retrouverai.
Quant à Maria, il était certain, d'après ce que j'avais
appris, qu'elle ne quitterait pas Tungura avant une
quinzaine de jours ; d'ici là tout pouvait s'arranger.

« Malheureusement mes espérances étaient chi-
mériques. Dès qu'ils connurent mon évasion, les Indiens se lancèrent à ma recherche dans toutes les
directions. Avec leur incomparable flair de chasseurs, ils m'eurent vite découvert ; ils me surprirent, le soir même, blotti dans un fourré et me
ramenèrent à Tungara, où cette fois ils me mirent
dans l'impossibilité absolue de m'échapper de nouveau. Ils m'enfermèrent dans une hutte assez semblable à la première, mais établirent à la porte une
sentinelle que l'on venait remplacer toutes les deux
heures.

« Vous savez le reste. Hier, après cinq jours de
marches forcées, j'arrivais sous bonne escorte à la
baie de Rangor et j'étais vendu à des pirates qui
m'embarquèrent sur le *Sumatra,* où Frank est venu
me délivrer. »

Tout le monde avait écouté ce récit avec une
émotion facile à comprendre. Quand William l'eut
achevé, son père lui raconta à son tour les vicissi-

tudes par lesquelles avait passé la petite troupe et les circonstances grâce auxquelles on avait réussi à le sauver.

Il terminait à peine, lorsque le capitaine Lilienstern, qui était sorti de la grotte, parut à l'entrée.

« Préparez-vous à partir, dit-il à ses matelots.

— Eh quoi, capitaine, songeriez-vous à nous quitter déjà, à nous abandonner? interrogea M. Robanoff.

— Non, je songe au contraire à servir vos intérêts tout en faisant mon devoir. Vous allez tous vous embarquer avec nous, et je me charge de vous rendre dans quinze jours mademoiselle Robanoff. Nous verrons ensuite ce qu'il conviendra de faire. Allons, hâtez-vous; le temps presse. Quand nous serons réunis sur le *Violan*, je vous dirai quels sont mes plans. »

Exécuter l'ordre de l'officier russe fut l'affaire de quelques instants.

Tandis que le lieutenant surveillait les derniers apprêts du départ, le capitaine réunit sur le pont les jeunes gens et leurs pères.

« Tout à l'heure, leur dit-il, pendant que vous causiez, je surveillais le *Sumatra* avec ma longue vue. Il vient de lever l'ancre et de prendre la mer.

Nous allons nous mettre à sa poursuite et l'attaquer.
Le *Violan* est, Dieu merci, armé de bons canons; et
si messieurs les pirates essayent de nous résister,
quelques boulets en auront raison. J'entends les
faire tous prisonniers et les livrer aux autorités anglaises. »

A ce moment, un matelot s'avança.

« Pardon de vous déranger, mon capitaine, dit-il,
mais mon lieutenant m'envoie vous demander si
vous voulez garder à bord et emmener les Indiens
qui sont ici depuis avant hier.

— Sissa et sa famille? Non, rendez-leur la liberté. »

Le marin se retira et l'officier reprit :

« Quant au plan que j'ai formé pour délivrer mademoiselle Robanoff, il est bien simple. L'intention
des Indiens qui l'ont capturée est, n'est-ce pas, de
l'amener à la fin du mois, c'est-à-dire dans quinze
jours, à la baie de Rangor. Sûrement quelque navire
de pirates y viendra à cette date; je m'emparerai
de lui avant qu'il n'aborde, je remplacerai son équipage par des matelots du *Violan*, et ce seront vos
trois serviteurs indigènes qui achèteront la jeune
fille aux lieu et place des marchands d'esclaves.

— Et pour un pareil service, je vous devrai tant

de reconnaissance, dit M. Robanoff, que je crains
bien de ne pouvoir jamais m'acquitter envers vous.

— Bah ! j'aurai fait une bonne action qui portera
sa récompense en elle-même. »

La corvette était prête à prendre la mer ; on
amena les amarres et le mécanicien mit la machine
en mouvement. Le *Sumatra* était visible au loin ; le
vent soufflait du nord et enflait ses voiles. Il gagnait
la pleine mer, avançant à une grande vitesse.

« Il aurait peut-être mieux valu attaquer les pirates pendant qu'ils étaient encore à la baie, dit
M. Manning.

— Non, répondit le capitaine, parce qu'ils auraient pu s'échapper dans les bois.

— C'est qu'ils ont sur nous une avance considérable.

— A peine une lieue et demie, et nos canons portent à cette distance. Mais comme nous pouvons les
rattraper rapidement, nous allons nous rappro-
cher d'eux ; et quand nous ne serons plus qu'à un
kilomètre environ, nous leur ferons par signaux
sommation d'avoir à se rendre. »

Le *Violan* naviguait à toute vapeur, et sans doute
les pirates avaient compris qu'ils étaient poursuivis,
car avec une lorgnette on les voyait manœuvrer fié-

vreusement et s'efforcer d'accélérer la marche du *Sumatra*.

Moins d'une heure après le départ, le capitaine Lilienstern fit hisser les signaux; mais à l'ordre qu'ils impliquaient les marchands d'esclaves ne répondirent point.

« Chargez les pièces», dit l'officier après avoir attendu plus de dix minutes.

Et quand l'ordre eut été exécuté, il commanda le feu.

Deux détonations formidables retentirent presque simultanément. Un boulet se perdit dans la mer, mais l'autre porta contre le flanc du voilier et y fit une énorme brèche.

« Maintenant, les voilà bien avertis, dit le commandant de la corvette; voyons s'ils vont se décider à se rendre. »

Mais aucun signal n'apparut au mât du *Sumatra*, et, bien loin de diminuer, l'agitation augmenta à son bord.

« Envoyez-lui deux autres boulets », ordonna le capitaine.

Cette fois les deux projectiles touchèrent le but, endommageant le vaisseau; mais les pirates ne hissèrent encore aucun signal. Il devenait évident qu'ils étaient résolus à ne pas se rendre. On les voyait courir sur le pont, où régnait une extrême confusion. Ils portaient des costumes qui indiquaient des nationalités différentes ; il y avait parmi eux des Turcs, des Chinois, des Indiens. Quelques-uns étaient armés de carabines, d'autres de pistolets. Ils pouvaient être une vingtaine en tout, et ils devaient comprendre qu'il leur serait impossible d'échapper au *Violan* ou de résister victorieusement à une tentative d'abordage ; mais ils étaient gens de sac et de corde, couverts de méfaits dont le moindre méritait la mort, et ils préféraient périr en défendant leur navire qu'être faits prisonniers et envoyés aux galères sinon au gibet.

La canonnade continua, terrible, crevant la coque du *Sumatra*, mettant des hommes hors de combat. Puis, quand on ne fut plus qu'à 500 mètres du voilier, les matelots prirent leurs fusils et tirèrent. Les pirates n'avaient jusqu'alors fait aucun usage de leurs armes ; mais aux décharges qu'on leur envoya ils se décidèrent à répondre par quelques balles de carabines, dont aucune n'atteignit les Russes, bien abrités derrière le parapet de la corvette.

Nos amis assistaient à la lutte sans y prendre

part. Ils ne pouvaient du reste avoir aucune inquiétude sur son issue.

Le *Violan* était maintenant tout près du *Sumatra*.
Les boulets poursuivaient leur œuvre destructive ;
sur le pont du voilier plusieurs hommes gisaient,
tués ou blessés. Enfin le moment décisif arriva : les
matelots russes s'élancèrent à l'abordage.

Ce fut, pendant quelques minutes, un tumulte
indescriptible sur le pont du *Sumatra*. Les pirates
se défendaient en désespérés qui veulent vendre
chèrement leur vie ; ils luttèrent jusqu'au dernier
avec une énergie farouche, avec un courage que l'on
aurait admiré s'il eût été mis au service d'une meil-
leure cause. De l'équipage du voilier il ne survécut
que deux hommes, que l'on enchaîna sur le *Violan*,
en attendant qu'une occasion se présentât de les
livrer aux autorités anglaises ; tous les autres avaient
succombé. Quant aux Russes, ils avaient sept blessés, dont un seul grièvement.

Le *Sumatra* était tellement endommagé qu'il menaçait de couler bas d'un instant à l'autre. Par les
ouvertures que le canon avait faites dans ses flancs
l'eau entrait et pénétrait, alourdissant sa masse.
Il enfonçait doucement et il était impossible de le
sauver de la ruine. Aussi, dès que la bataille eut été

FIG. 8.   PAGE 126.

Les pirates se défendarent en désespérés.

terminée, descendit-on dans la cale pour délivrer
les malheureux captifs ; ils étaient au nombre de
quatorze, solidement attachés par des cordes à des
anneaux de fer. Tous étaient Indiens, mais ils appartenaient à des tribus et à des castes différentes ;
ils avaient été achetés à divers endroits.

L'un d'eux, surtout, avait un aspect étrange.
C'était un homme de taille moyenne, très brun de
teint, revêtu d'un pantalon qui lui descendait à peine
à mi-jambes, d'une blouse de toile blanche serrée à
la taille par une ceinture et d'un chapeau noir en
forme de cylindre et sans bords.

On lui demanda comment il s'appelait et de quel
pays il était.

« Mon nom est Framji, répondit-il, et je suis un
Parsi de Ceylan. J'ai été capturé sur la côte de l'île. »

Les Parsis, ou Guèbres, sont nombreux aux Indes.
Ce sont des descendants des Perses que les Arabes
vainquirent au viii° siècle. Ils ont constamment
refusé de se convertir à l'islamisme pour rester
fidèles à la religion de Zoroastre, qui est la religion
du feu.

Poursuivis dans leur patrie par des persécutions de
toutes sortes, les Parsis trouvèrent aux Indes l'hospitalité et l'indépendance. Les brahmes leur deman-

dèrent seulement de respecter en public les usages religieux du pays qui les accueillait. Actuellement, on rencontre des Parsis un peu partout dans l'Hindoustan ; mais c'est surtout à Bombay qu'ils sont nombreux. Là, ils exercent leur culte sous la protection des Anglais et se livrent à toute espèce de travaux dont ils ont en quelque sorte le monopole. Ce sont des gens paisibles, industrieux et sobres.

Quand les prisonniers eurent été délivrés et embarqués sur le *Violan*, on fouilla les parties du *Sumatra* que l'eau n'avait pas encore envahies. On découvrit dans une cabine une somme considérable en or et en argent monnayés; le capitaine Lilienstern s'en empara, dans l'intention de la remettre aux autorités anglaises en même temps que les deux pirates qui avaient survécu au combat.

Bientôt tout le monde fut réuni à bord de la corvette. La machine se mit en mouvement; mais lorsqu'on eut parcouru une centaine de mètres le commandant donna l'ordre de stopper.

« Avant un quart d'heure, dit-il, le *Sumatra* aura sombré. Regardez. »

Le navire abandonné enfonçait, en effet, rapidement. Sa carcasse avait déjà presque entièrement disparu et l'eau allait envahir le pont. Quelques

minutes après, la mâture et les voiles étaient seules
au-dessus de la mer; et enfin tout disparut sous
l'immense plaine liquide, qui se referma sans laisser
à sa surface le moindre vestige de la proie qu'elle
venait d'engloutir.

CHAPITRE VIII

CALCUTTA. — UNE DÉCEPTION.

Le premier soin du capitaine Lilienstern fut de se rendre à Calcutta, pour remettre aux autorités ses deux prisonniers et l'argent qu'il avait trouvé sur le *Sumatra*, et rendre leur liberté aux malheureux qu'il avait sauvés de l'esclavage.

« Nous avons, dit-il, tout le temps de faire ce petit voyage, de visiter la ville et d'être de retour dans ces parages avant la fin du mois. Calcutta n'est qu'à 33 lieues du golfe du Bengale ; c'est une promenade.

Le *Violan* se dirigea donc vers le bras occidental du Gange qui porte le nom de Hougli et s'y engagea.

A marée haute, le Hougli a, devant Calcutta, qui est construit sur la rive gauche, environ un kilomètre et demi de large ; mais, à marée basse, une longue suite de bancs de sable restent à sec sur la

rive droite du fleuve. Dans beaucoup d'endroits, le
Hougli avance jusqu'au pied des maisons et l'on y
descend par des escaliers de brique. L'eau en est
sale, et cela tient principalement à ce que, sur tout
le parcours du Gange, les Indous jettent dans les
eaux sacrées les cadavres de leurs coréligionnaires,
auxquels ils croient procurer ainsi le bonheur dans
l'autre monde. Par un effet de la même superstition,
le peuple va en foule se baigner dans cette eau
infecte, qui réunit pour lui le double avantage de
nettoyer le corps et de purifier l'âme de toutes ses
souillures. Ces pratiques rendraient la ville inhabi-
table, si le flux et le reflux, ainsi que les oiseaux
carnassiers et les poissons, n'en atténuaient pas considérablement les effets, — si, de plus, le gouvernement anglais n'avait eu le soin de percer à travers
les forêts des routes et des avenues dans les directions des vents dominants.

En arrivant à Calcutta, on est frappé de l'aspect
admirable que présente la ville. On aperçoit
presque simultanément une vaste citadelle, à la suite
de laquelle s'étend une place immense, cernée de
deux côtés par de somptueux édifices; le palais du
gouvernement, qui pour être grandiose n'en est pas
moins élégant; une agglomération considérable de

maisons, du milieu desquelles s'élèvent les flèches
et les aiguilles des temples chrétiens et indigènes ; et,
en vue de la ville, une longue file de vaisseaux de
toutes dimensions et de toute espèce, sur lesquels
flottent les pavillons de toutes les nations. C'est un
coup d'œil majestueux et imposant.

Tout ce qui constitue la partie européenne de
Calcutta est situé au midi. A l'extrémité des glacis
du fort Williams et à peu de distance de la ville se
trouvent le palais de justice et l'Hôtel de Ville,
devant lequel est érigée une statue de Warren
Hastings ; plus loin le palais du gouverneur général
et une suite de beaux bâtiments qui forment de ce
côté la ligne du quartier européen. A l'est du fort
Williams et de l'esplanade, qui est d'une étendue
immense, se trouve le quartier Tchouringhy ; il se
compose de maisons magnifiques, d'architecture
grecque, qui sont habitées par les plus riches
Européens. Ces maisons sont séparées les unes des
autres par un grand espace, entourées de jardins,
et ont toutes sur le devant de beaux portiques ou
galeries ouvertes, supportées par des colonnes.

La partie indienne de Calcutta est située le long du
fleuve, au nord de la ville européenne ; elle offre avec
celle-ci un singulier contraste. Les rues en sont géné-

ralement étroites, sales et sans pavé. On y voit bien quelques maisons à deux étages, bâties en briques, avec des toits en terrasse; mais la plupart des habitations ne sont que des chaumières de boue, couvertes de petites tuiles. Des paillassons, des bambous et d'autres matières inflammables en forment les murs; aussi les incendies sont-ils très fréquents dans ce quartier extrêmement populeux. La ville européenne est autant que possible à l'abri de ce fléau; mais elle est malheureusement exposée aux ravages des fourmis blanches, qui détruisent les maisons en rongeant à l'intérieur, et sans qu'on puisse les voir et s'en défendre, toutes les poutres et toutes les solives qui entrent dans la construction.

Le fort Williams, situé sur les bords du Hougli, est la citadelle la plus régulière et la plus importante qui existe dans l'Inde. Il fut commencé peu de temps après la bataille de Plassey (1756) par lord Clive, qui voulait en faire une place de premier ordre; mais on s'aperçut bientôt que le général avait dressé ses plans sur une trop grande échelle pour atteindre au but qu'il s'était proposé. Le fort Williams devait servir de lieu de retraite en cas d'échec; et, tel qu'il est, la garnison nécessaire à sa défense suffirait pour tenir la campagne. Cette citadelle peut contenir 20,000 hommes, et les ouvrages en sont tellement étendus qu'il faudrait 10,000 hommes pour les protéger sur tous les points. Le fort a coûté deux millions de livres sterling (50 millions de francs) à la Compagnie des Indes.

La tranquillité régnait dans la ville quand le *Violan* y arriva, et l'on ne se serait guère douté, si on ne l'avait su, que le pays était en insurrection. C'est que la population indigène savait qu'à la moindre tentative d'émeute, les troupes sur la fidélité desquelles le gouvernement pouvait compter étaient là nombreuses, bien disciplinées et bien armées, prêtes à réprimer le moindre essai de soulèvement.

Le capitaine Lilienstern remit aux autorités les deux prisonniers et la somme qu'il avait trouvée à bord du *Sumatra*. Il rendit la liberté aux captifs qu'il avait délivrés; mais sur les quatorze hommes, trois demandèrent à rester au service de M. Robanoff et de M. Manning. De ce nombre était le Parsi Framji. On céda à leur désir; quant à leurs onze compagnons, ils reçurent, avant de quitter le *Violan*, quelques pièces de monnaie qu'on leur donna pour qu'ils pussent pourvoir à leurs premiers besoins.

Tous nos amis connaissaient Calcutta, mais Framji n'y était jamais venu et il parcourut la ville

Au milieu de la place, on faisait cercle autour d'une
représentation en plein air.

dans tous les sens, regarda les monuments, étudia
l'une après l'autre toutes les rues principales. Le
commandant de la corvette avait décidé qu'on
resterait trois jours dans le port ; et tandis que les
matelots, leur besogne terminée, allaient s'installer
dans quelque estaminet, lui se livrait à d'interminables promenades d'exploration.

Ce qui l'intéressa le plus fut une fête à laquelle il
assista dans le quartier indien. Sur une place, devant
un temple, un nombre considérable d'indigènes,
indous et musulmans, étaient rassemblés et les
réjouissances allaient leur train. On chantait et on
buvait. Au milieu de la place, on faisait cercle
autour d'une représentation en plein air. Une baya-
dère dansait au son de deux tambourins. A côté
d'elle, un charmeur de serpents avait ouvert un
panier d'où sortaient d'énormes reptiles avec lesquels
l'homme jouait. Et un énorme éléphant, qui appartenait à la troupe de saltimbanques, dont il portait
le bagage pendant ses pérégrinations, regardait la
scène de ses petits yeux tranquilles.

Enfin, le moment fixé par le capitaine Lilienstern
pour le départ du *Violan* arriva. On leva l'ancre et l'on
descendit le Hougli sans se presser.

« Maintenant, dit le commandant de la corvette,

nous n'avons plus que quelques jours à patienter. »

Ces quelques jours parurent bien longs à nos amis ; l'attente d'un événement qui, selon leurs prévisions, devait leur fournir le moyen de délivrer Maria les rendait impatients et augmentait en quelque sorte la durée des heures.

Certes, ils avaient bien employé leur temps, depuis le moment ou ils s'étaient enfuis du comptoir ; jamais, alors qu'ils étaient réfugiés dans la grotte du bois de Puctoo ou qu'ils suivaient la jungle, épiant le moindre bruit et tremblant pour leur existence, ils n'eussent espéré arriver si vite au résultat qu'ils avaient atteint. William était avec eux ; sans doute Maria y serait bientôt. Quant aux pertes matérielles, — habitations, marchandises et argent, — c'était là, comparée au reste, une considération de peu d'importance. D'abord, il était à supposer que, la mutinerie calmée, il serait possible de s'établir de nouveau sur les emplacements abandonnés, de recommencer le commerce d'autrefois et de rattraper les pertes subies ; mais, même en admettant que cette perspective fût un leurre, M. Manning et M. Robanoff avaient amassé assez d'argent pour ne point se désoler. L'un et l'autre avaient en dépôt dans une des meilleures banques de Calcutta une petite fortune dont ils venaient de vérifier le montant et qu'ils étaient sûrs de retrouver le jour où ils la réclameraient.

Pour le moment, ils s'étaient contentés de prendre une somme d'argent qui leur permît de parer aux éventualités qui pourraient se produire dans la suite de leurs aventures. Sans doute elles ne seraient plus bien longues, ces aventures; mais enfin il faudrait bien, quand Maria serait délivrée, revenir à Calcutta en attendant que le pays, et Tungara en particulier, fussent calmés; et Dieu seul savait ce qui arriverait pendant ce voyage dont il était impossible de déterminer d'avance les conditions et de prévoir les incidents.

« Maintenant que vous voici en lieu sûr, avait dit M. Robanoff à M. Manning, comme ils se promenaient tous les deux près du fort Williams, ne courez plus les risques des jungles et des bois. Vous avez eu le bonheur de retrouver votre fils; restez à Calcutta et attendez-y que l'insurrection soit apaisée.

— Vous laisser partir seul, avait répondu M. Manning, vous abandonner, après que vous m'avez aidé de toutes vos forces, après que nous avons vécu d'une existence commune et conclu tacitement un pacte qui nous lie autant que peut lier la parenté la plus

proche, — jamais! Je partirai avec vous et mes
serviteurs se feront, non seulement un devoir, mais
encore une joie de nous suivre. »

Et c'est ce qui avait eu lieu. Les deux amis avaient
bien essayé d'obtenir des autorités qu'elles envoyas-
sent des soldats à Tungara ; mais il avait été impossible de donner satisfaction à leur requête. On ne
pouvait disséminer les troupes et défendre des intérêts individuels, si respectables qu'ils fussent
d'ailleurs. Le but, c'était de frapper de grands coups
au lieu de perdre un temps précieux à étouffer une
émeute locale ; les petites bourgades rentreraient
vite dans l'ordre, quand les villes auraient donné
l'exemple de la soumission.

La vie à bord du *Violan* était des plus douces. On
couchait dans des cabines très propres et fort habi-
lement aménagées, on faisait trois repas par jour et
la fantaisie seule réglait l'emploi du temps. Le
commandant possédait une bibliothèque qu'il avait
mise à la disposition de ses hôtes, et il se faisait un
plaisir d'enseigner aux jeunes gens, autant pour les
distraire que pour les instruire, les éléments de la
profession de marin. Il avait, du reste, trop navigué
pour n'avoir pas à raconter une foule d'anecdotes qui
amusaient ses auditeurs. Puis, il y avait à bord des

échecs et des dames, et on se livrait à des combats pacifiques en attendant les luttes plus sérieuses. Et enfin, aux heures de paresse, on n'avait qu'à s'asseoir sur le pont et à regarder les paysages qui se déroulaient sur les rives du Gange pour éviter l'ennui.

Sans doute nos amis auraient mieux apprécié tous ces avantages, si les circonstances eussent été exemptes d'anxiété; pourtant ils n'y étaient pas insensibles. Après l'existence errante et dénuée de tout confort qu'ils avaient menée quelque temps, ils se reposaient avec satisfaction de leurs fatigues et de leurs angoisses.

Harry, surtout, se félicitait de la tournure qu'avaient prise les événements.

« Nous redevenons enfin des gens civilisés, disait-il; nous ne couchons ni ne prenons nos repas sur la dure, et nous sommes certains, quand nous allumons notre pipe, de pouvoir la fumer jusqu'au bout. »

Grâce aux soins du médecin attaché à la corvette, les sept matelots qui avaient été blessés pendant le combat contre les pirates étaient en bonne voie de guérison. Quant aux trois nouveaux serviteurs, ils fraternisaient le mieux du monde avec les anciens.

Trois jours avant la fin du mois de mars, le *Violan* croisait de manière à ne pas perdre de vue la baie de Rangor. On observait sans cesse l'horizon, dans l'espoir que quelque vaisseau pirate allait apparaître. Mais le temps se passa sans que cet espoir se réalisât; le soir du 31 était arrivé que l'on n'avait aperçu ni vapeur ni voilier.

Nos amis étaient sur le pont, silencieux et mornes. Après s'être persuadé que le plan du capitaine Lilienstern était infaillible, ils étaient contraints de s'avouer qu'ils s'étaient trompés; et leur déception faisait renaître leurs angoisses et éveillait en eux le découragement.

« Patientons encore, dit le commandant; peut-être les marchands d'esclaves ont-ils éprouvé quelque retard. »

Hélas! deux autres journées s'écoulèrent et aucun navire n'apparut.

« Peut-être, remarqua M. Manning, les pirates se défient-ils. Ils ont, paraît-il, une sorte d'organisation; ou plutôt ils se connaissent entre eux et n'agissent que s'ils ont la certitude, fournie par des renseignements émanés des leurs, qu'ils ne courent aucun risque. Ceux qui devaient venir avant-hier à la baie de Rangor n'auront sans doute pas osé s'y rendre parce qu'ils n'ont pas vu le *Sumatra*, craignant qu'il ne lui soit arrivé malheur et ne voulant pas s'exposer à un danger probable.

— Que faire, en ce cas? répondit M. Robanoff. Nous ne pouvons pas rester ici, inactifs ; plus nous perdrons de temps, moins nous aurons de chances de retrouver et de délivrer Maria.

— Vous avez raison, mon ami, et je suis d'avis que nous n'avons qu'une résolution à prendre : gagner la côte et nous diriger vers Tungara. Notre petite troupe s'est augmentée de William et de trois nouvelles recrues ; tentons de sauver Maria, par la ruse s'il est possible, par la force s'il le faut. Nous serons un contre vingt, mais nous aurons pour nous le bon droit et la supériorité des armes. Quant au courage, il ne nous manque pas.

— Eh bien, allons ; et à la grâce de Dieu ! »

CHAPITRE IX

Ce fut pendant la nuit que le *Violan* aborda près de la baie de Rangor.

« Attendez le jour pour débarquer, dit à nos amis le commandant de la corvette; vous pourrez alors vous mettre en marche. »

De l'emplacement où l'on se trouvait on distinguait la baie. Dès que l'aube parut, le capitaine Lilienstern en examina les contours avec une longue-vue.

Soudain il poussa une exclamation de joyeuse surprise. Il venait d'apercevoir un Indien qui, debout au bord de la mer, interrogeait l'horizon.

« Sûrement, se dit-il, voilà un membre de la bande qui a amené mademoiselle Maria et qui doit attendre encore dans le bois l'arrivée des marchands d'esclaves. »

Il courut prévenir M. Robanoff et M. Manning de
sa découverte.

« Hâtons-nous de débarquer, fit-il, et tâchons de
surprendre vos ennemis. Dans les circonstances
actuelles, je ne crois pas dépasser mes pouvoirs en
vous aidant. Je dois m'opposer au commerce des
esclaves; et comme il m'est absolument prouvé qu'il
s'agit actuellement de la vente d'une jeune fille, qui
est ma compatriote, je prends sur moi d'aller à son
secours sur un territoire neutre et de coopérer à sa
délivrance. »

Le commandant ne laissa sur le *Violan* que
quelques hommes, auxquels il donna l'ordre de
mouiller à une faible distance du rivage. Il se mit à
la tête des autres et de la petite troupe que formaient
nos amis et conduisit son monde sur la lisière du bois.

« Pourvu que la corvette n'ait pas été aperçue »,
dit-il.

Non, elle n'avait pas été aperçue, grâce à cette
circonstance que l'on s'était approché de la côte
pendant la nuit.

On marcha en file le long des grands arbres, sans
parler, et en évitant soigneusement de faire le
moindre bruit. Quand on fut arrivé tout près du
chemin de la clairière où il était à supposer que les

Indiens étaient campés, on pénétra dans le bois, où l'on se fraya non sans peine un chemin.

« Il s'agit, dit à voix basse le capitaine Lilienstern, de couper à nos ennemis la retraite sur l'intérieur de la terre. »

Il parlait encore, lorsqu'on entendit des pas et des murmures. Tout le monde s'arrêta, l'oreille au guet, prêt à faire feu.

D'un geste l'officier russe ordonna à ses hommes de rester immobiles et silencieux. Seul, il revint jusqu'à la lisière du bois, et, caché derrière des arbres, il regarda.

Fatigués sans doute d'attendre dans la clairière, les Indiens s'avançaient vers le bord de la mer, pour interroger une dernière fois l'horizon avant de repartir pour Tungara.

Le capitaine fit signe à sa troupe de le rejoindre. Et quand l'ordre eut été exécuté, il cria :

« Feu ! »

Les Indiens, attaqués à l'improviste, poussèrent des cris de rage et de fureur. Plusieurs d'entre eux étaient tombés sous la fusillade meurtrière ; les autres coururent de toute leur vitesse à l'entrée du bois, et s'y réfugièrent dans un emplacement en forme de demi-cercle, protégé par d'énormes roches.

FIG. 10.   PAGE 145.

En même temps que la fusillade accomplissait son œuvre, des
marins avaient attaqué les Hindous à l'arme blanche.

« En avant ! » dit le commandant.

Et, tirant son sabre du fourreau, il s'élança à la rencontre des indigènes.

Surpris au moment où ils s'y attendaient le moins, ceux-ci cherchèrent le salut dans la fuite ; plusieurs, lestes comme des chats, gravirent les roches presque à pic qui formaient le fond de la demi-lune où ils s'étaient abrités. Mais déjà les balles pleuvaient sur eux, faisant de nombreuses victimes ; et en même temps que la fusillade accomplissait son œuvre, des marins s'étaient jetés contre les Indiens et les avaient attaqués à l'arme blanche.

Soudain M. Robanoff poussa un cri.

« Qu'avez-vous ? Seriez-vous blessé ? » lui demanda M. Manning.

Mais, sans répondre, son ami lui désignait du doigt un indigène qui, étant parvenu à gravir la roche du côté du bois, prenait la fuite, emportant une jeune fille dans ses bras.

Cette jeune fille, c'était Maria.

Tirer sur lui, rien n'était plus facile ; il était à peine à trente mètres et encore à découvert. Mais essayer de le tuer, de le blesser tout au moins, c'était risquer gros jeu. La balle qu'on lui destinerait pouvait atteindre Maria.

« Oh! père, ne tirez pas! » dit Serge, qui avait aperçu sa sœur.

Et, n'écoutant que son courage, le jeune homme s'élança à la poursuite de l'Indien. On le vit grimper à la roche, en s'aidant des ronces qui serpentaient à sa surface et de sa carabine dont il se servait comme d'une perche; puis il disparut sous les grands arbres.

Le combat ne fut pas de longue durée. Les indigènes avaient, dès le début, compris qu'ils ne pouvaient pas opposer à leurs assaillants une résistance sérieuse, et seuls les plus intrépides d'entre eux avaient défendu le terrain. Inutile bravoure : qui resta, périt.

Quand la lutte fut terminée, les matelots russes comptèrent leurs pertes. Hélas! s'ils avaient infligé un désastre aux Indiens, ils avaient acheté cher leur victoire : un des leurs était tué et huit étaient blessés.

Ils creusèrent un grand trou au pied d'un arbre et y enterrèrent pieusement leur malheureux camarade qui avait succombé. Quant aux blessés, ils furent transportés sur le *Violan*, où le médecin procéda aux premiers pansements et ordonna les premiers remèdes.

« Nous avons manqué le but, dit le capitaine

Lilienstern, et certes j'en suis désolé. Mais, en somme, la situation me semble être très favorable. Mademoiselle Robanoff est vivante, c'est le principal; et peut-être allons-nous la voir arriver, délivrée par son frère.

— Je redoute bien plutôt que le brave enfant ne reçoive quelque flèche meurtrière ou ne tombe tout au moins au pouvoir de nos ennemis, répondit M. Robanoff. »

Le fait est que l'on attendit longtemps son retour et qu'il ne revint pas. Nos amis étaient à son sujet dans la plus cruelle des anxiétés.

« Hélas ! s'écria son père, faudra-t-il qu'au moment où je croyais toucher au but, non seulement je le manque, mais encore qu'à la perte de ma fille vienne s'ajouter celle d'un de mes fils. »

· Et le pauvre homme cédait à un accès de découragement et de désespoir contre lequel toutes les paroles étaient sans effet.

« Ne vous tourmentez pas outre mesure, dit cependant le commandant de la corvette. Puisque c'est moi qui avais proposé le plan qui par malheur n'a pas réussi, et que je dois me considérer comme responsable de ce qui arrive, je prétends tout réparer. Mes matelots et moi prenons en main votre cause, que j'ai compromise sans le vouloir. Je suis décidé à vous accompagner jusqu'à Tungara, puisque les circonstances difficiles où vous vous trouvez sont attribuables à mes conseils, et je combattrai avec vous jusqu'à ce que j'aie réparé le mal dont je suis cause. Aussi bien votre fils Serge était-il sous ma protection directe ; il était en quelque sorte un de mes hommes, et j'ai le devoir, puisqu'il est en danger, de me mettre à sa poursuite et de le sauver. Allons, faisons vite les approvisionnements nécessaires, et en marche ! Des munitions et des vivres, nous en avons à revendre à bord du *Violan;* et, Dieu merci, nous sommes en nombre et en force pour lutter contre les mutinés. »

Quelques instants après, on avait pris toutes les dispositions pour le départ. La corvette resterait mouillée près de la baie, gardée par une partie de l'équipage, jusqu'à ce que, l'expédition terminée, le commandant y ramenât les hommes avec lesquels il allait l'entreprendre. A l'abattement que nos amis avaient éprouvé tout à l'heure succédait un retour d'énergie. M. Robanoff lui-même renaissait à l'espérance. La résolution du capitaine Lilienstern et la confiance qu'il paraissait éprouver avaient calmé son désespoir.

On se mit en route.

« Le mieux est de suivre le chemin par lequel les Indiens ont dû arriver à la baie, dit l'officier russe; c'est sans doute par là qu'ils regagneront Tungara, et, pour peu qu'ils s'attardent, nous avons des chances de les rattraper avant qu'ils n'arrivent au village. »

Ce fut Mahorra qui prit la tête de la troupe. On s'engagea à sa suite dans le sentier qui traversait la clairière et continuait dans la direction du nord, où se trouvait Tungara. De temps en temps on faisait halte et le brave serviteur collait son oreille sur le sol, cherchant à surprendre quelque bruit qui trahît la présence de l'ennemi dans le voisinage. Mais seuls, le bruissement des feuilles et les chansons des oiseaux troublaient le silence du bois.

Sans doute, Serge était maintenant prisonnier comme sa sœur; même on pouvait craindre pis encore. Par mesure de précaution, et pour être bien certain qu'on ne passerait pas, s'il gisait quelque part blessé, près de lui sans le secourir, on criait, chemin faisant, son nom, que les échos répercutaient au loin. Mais à ces cris répétés nulle voix ne répondit.

Sur le sol du sentier, on remarquait de nombreuses traces de pas toutes fraîches; mais on ne pouvait sûrement conclure de là que les Indiens avaient repris, pour regagner Tungara, le chemin par lequel ils étaient venus. La chose était possible, probable même; mais il était impossible de savoir si les marques avaient été faites à l'aller ou au retour. Elles étaient, en effet, très indistinctes, et nulle part les orteils n'avaient laissé leur empreinte.

Les trois nouveaux serviteurs de nos amis marchaient résolument et avaient pour la circonstance donné à leur personne une allure des plus martiales. On leur avait confié des carabines; et, soit qu'il ne trouvât pas cette arme suffisante, soit qu'il voulût ajouter encore à la dignité de son équipement, le parsi avait demandé un sabre, qu'il avait attaché à une corde passée en bandoulière.

Avant de se mettre en route, on avait offert aux trois hommes de reprendre leur liberté entière; mais ils avaient décliné la proposition. Nos amis les avaient sauvés de l'esclavage et ils prétendaient prouver leur reconnaissance pour le service rendu.

Le soir venu, et la fatigue nécessitant un repos, la troupe campa.

« Allons, pensait Harry, voici que notre existence de sauvages recommence. J'espérais être au bout de mes peines, je n'étais qu'à leur début. Qui sait

quand et comment tout ceci finira? Ah! ma chère
Angleterre, pourquoi ai-je commis la sottise de te
quitter! »

Et il soliloquisa ainsi quelque temps *in petto*. Puis,
comme au fond il était fort attaché à ses maîtres et
que du reste il ne manquait pas de philosophie
malgré ses récriminations contre la mauvaise fortune, il finit par conclure :

« Enfin, quand le vin est tiré, il faut le boire; et
peut-être 'avenir me dédommagera-t-il du présent.
Après tout, je suis moins à plaindre que d'autres :
je suis orphelin, je ne me connais aucun parent et
j'ai toujours vécu de privations. Voilà d'excellentes
raisons pour prendre mon mal en patience, sans
compter que j'ai pour me consoler de mes déboires
et de mes tribulations le témoignage de ma conscience, qui me dit qu'en restant fidèle à mes maîtres
et en partageant leur sort j'accomplis mon devoir. »

Sur ces sages paroles, il s'endormit.

De tous les membres de la troupe, ce fut Vilsko
qui s'éveilla le premier. Comme il s'étirait avant de
se lever, il perçut très distinctement les aboiements
d'un chien.

« Eh! se dit-il, voici qui est étrange. Que des
oiseaux ou que des bêtes sauvages donnent des

concerts dans ces parages inhabités, rien de plus naturel; mais qu'un chien se soit égaré jusqu'ici, c'est inadmissible. Sûrement il y a quelqu'un avec l'animal que je viens d'entendre. »

Il secoua M. Manning, M. Robanoff et le capitaine Lilienstern, et leur fit part de ses observations. Bientôt tout le monde fut debout et l'on se mit en route dans la direction d'ou venaient les aboiements.

« Mon espoir renaît, dit M. Robanoff; j'ai un pressentiment que nous sommes sur une piste qui cette fois nous mènera au but. »

CHAPITRE X

LE COUTEAU SUR LA GORGE. — UTILES AUXILIAIRES.

Il fallut se résoudre à avancer lentement. Sur la
ligne que l'on suivait, les arbres étaient serrés, les
lianes s'enchevêtraient et le sol était par endroit
couvert de ronces. Heureusement le chien continuait
à aboyer, empêchant ainsi que l'on se fourvoyât.

Après une demi-heure de marche, la troupe arriva
au bord d'un ruisseau. Le franchir en sautant était
impossible ; il avait plus de quatre mètres de largeur.
Mais à travers son eau claire on en voyait le lit
caillouteux et sa profondeur ne dépassait nulle part
un mètre. On en serait donc quitte pour un bain
partiel, sans gravité par la chaleur qui régnait. La
seule précaution à prendre était d'éviter de mouiller
les armes et la poudre.

Quelques marins proposèrent à leur capitaine et
à leur lieutenant, ainsi qu'aux Manning et aux

Robanoff, de les traverser sur leurs épaules ; mais tout en les remerciant de leur attention, ceux-ci refusèrent l'offre : ils prétendaient partager, quels qu'ils fussent, tous les désagréments de l'expédition, et ils descendirent les premiers dans l'eau, suivis de tous leurs compagnons.

Les aboiements devenaient de plus en plus distincts et il était évident que l'on était tout proche du lieu d'où ils partaient. Mahorra marchait en tête de la troupe ; il arriva bientôt au bas d'une élévation boisée.

« Arrêtez-vous un instant, dit-il au capitaine ; je vais gravir seul ce tertre, derrière lequel doit être le chien. »

Il monta, en effet, la pente rapide, armé seulement d'un poignard. Arrivé au sommet, il se mit à plat ventre pour mieux se dissimuler et rampa.

Soudain on le vit se relever et sauter. En même temps, il criait :

« Hourrah ! venez vite ! Hourrah ! »

Le capitaine Lilienstern et son lieutenant, le parsi, William et Franck rejoignirent les premiers le brave serviteur. Ils le virent à genoux sur le corps d'un Indien à moitié renversé sur le sol ; d'une main il tenait son ennemi à la gorge, de l'autre il brandissait son poignard.

« Grâce, dit l'Indien, grâce ! »

Mahorra lâcha prise. Tous ses compagnons furent bientôt près de lui, entourant l'indigène qui s'était relevé et le chien qui avait par ses abois trahi son maître.

M. Robanoff s'avança vers le prisonnier.

« D'où vous vient cet objet ? » demanda-t-il.

Du doigt il désignait une montre attachée par une chaîne au cou de l'indien.

Celui-ci garda le silence.

« Réponds tout de suite, dit Mahorra ; d'où te vient cette montre ? »

Pour donner plus d'éloquence à son ordre, il leva son poignard.

« Je l'ai trouvée, murmura l'indigène.

— Où ?

— Près d'ici.

— Vous mentez, s'écria M. Robanoff. Cette montre je la reconnais : elle appartient à ma fille, à qui vous l'avez sans doute volée.

— Je ne l'ai pas volée ; elle appartenait, en effet, à une jeune fille que mes frères de Tungara et moi nous avons capturée, et nous l'avons tirée au sort.

— Ainsi vous êtes de Tungara ?

— Oui.

— Et que faites-vous ici?

— Que vous importe?

— Répondez, il y va de votre vie.

— Je voulais retourner au village; mais je suis blessé et la faiblesse m'a empêché de continuer ma route. »

Tout en prononçant ces mots, l'Indien avait ouvert sa tunique et montré son flanc droit, où une balle avait pénétré, formant un petit trou rond.

« C'est dans le bois voisin de la baie de Rangor que tu as reçu cette blessure? dit Mahorra.

— Oui, hier matin.

— Eh bien, écoute : nous te soignerons, nous te guérirons et nous te rendrons ta liberté, mais à une condition.

— Laquelle?

— Tes compagnons et toi vous étiez allés à la baie pour vendre aux pirates la jeune fille dont tu as la montre.

— C'est vrai.

— Cette jeune fille, tu vas nous aider à la délivrer. On l'a sans doute reconduite à Tungara.

— Je le pense.

— Et tu sais dans quelle hutte on la garde prisonnière.

— Oui.

— Tu nous y conduiras.

— Moi? jamais! Ce que tu me demandes est une
trahison et je ne suis pas un traître. »

Mahorra croisa ses bras sur sa poitrine et regarda
fixement l'Indien.

« Ne sais-tu pas à qui tu as affaire? dit-il.

— Non.

— Allons donc. Tu m'as vu assez souvent à Tungara pour me reconnaître; et tu n'ignores pas que tu
as devant toi ceux qu'il y a cinq semaines vous avez,
tes camarades et toi, lâchement attaqués, ceux dont
vous avez brûlé et pillé les habitations. Tu n'es pas
un traître, dis-tu? Soit! Mais pour tes crimes tu n'en
mérites pas moins la mort. »

L'Indien baissa la tête. Mahorra reprit :

« Ainsi, c'est convenu. C'est toi qui seras notre
guide, c'est toi qui nous donneras toutes les indications dont nous avons besoin, moyennant quoi tu
auras la vie et la liberté sauves. Écoute encore.
Hier, quand nous vous avons attaqués près de la
baie de Rangor, un des nôtres, le frère de la jeune
fille que tes compagnons retiennent captive, s'est
précipité pour la délivrer. Il l'avait aperçue, et il s'est
élancé à la poursuite de celui qui l'emportait. Or,

ce jeune homme, nous ne l'avons pas revu. Tu dois savoir ce qu'il est devenu. Parle.

— Il a été fait prisonnier.

— Bien. Et puis?

— Et puis... Il est avec mes compagnons, en route pour Tungara.

— Il n'est pas blessé?

— Non.

— Et tes compagnons ont-ils une grande avance sur nous?

— Je ne le pense pas. Ils étaient ici hier soir.

— Ils t'ont abandonné?

— Oui.

— Eh bien, tu vas nous diriger sur leurs traces. Il faut que nous les rattrapions.

— Vous diriger, c'est impossible: je suis incapable de marcher et c'est tout au plus si je puis me tenir debout. »

La faiblesse de l'Indien était, en effet, manifeste. On le fit asseoir. Le médecin du *Violan*, qui avait suivi l'expédition, s'approcha de lui et tira de sa poche une trousse contenant ses instruments de chirurgie. Il sonda la blessure, reconnut à quelle profondeur la balle s'était logée dans les chairs et procéda à son extraction. Grâce à son habileté, l'opération fut vite terminée. Puis il appliqua sur la plaie un appareil qu'il fixa avec des bandelettes de toile.

« Là, dit-il, sa besogne finie, vous ne mourrez pas de celle-ci. »

Et, se tournant vers le capitaine Lilienstern, il ajouta en russe :

« Il faut que ces gens-là soient de fer pour marcher tout un jour avec une balle dans le flanc et pour ne pas broncher quand on la leur retire. »

On construisit avec des branches d'arbres une civière rudimentaire sur laquelle on installa le blessé; même comme le chien poussait de temps en temps des abois plaintifs qu'il fallait éviter, on le mit à côté de son maître.

« Mes hommes vous porteront à tour de rôle, dit le commandant, et vous les dirigerez. Surtout n'indiquez pas une fausse route; si vous nous trompez, vous serez impitoyablement fusillé. »

Quatre marins assujettirent la civière sur leurs épaules et l'on partit.

Ce fut une dure journée. La chaleur était accablante, et il restait de la longue marche de la veille une fatigue que la nuit passée en plein air n'avait pas dissipée. Puis on avançait à une allure précipitée,

pour tâcher de rattraper les Indiens avant qu'ils ne
fussent arrivés à Tungara. On estimait qu'il serait
malaisé de les attaquer dans leur village, où ne leur
manqueraient ni les abris ni les flèches, et l'on
voulait essayer de les surprendre sur un terrain
plus favorable.

« Nous marcherons jour et nuit, s'il le faut, avait
dit le capitaine Lilienstern, mais nous atteindrons
nos ennemis ; et cette fois, morbleu ! je consens à
être pendu si nous ne délivrons pas le frère et la
sœur. »

Les hommes qui portaient la civière étaient relayés
toutes les dix minutes. Leur tâche était horriblement
pénible ; la transpiration coulait à grosses gouttes
sur leur visage et leur gorge était desséchée. Aucun
d'eux pourtant ne laissa échapper une plainte, aucun
ne demanda à ce que l'on raccourcît pour lui la
durée de la corvée.

Le soleil se coucha sans que l'on eût fait la
moindre halte. On avait, en marchant, mangé
quelques mangues, auxquelles on avait ajouté une
petite quantité des provisions dont on s'était muni
avant de quitter la baie de Rangor ; et l'on avait
bu de l'eau chauffée par les rayons du soleil.

Toutefois, l'espoir d'un succès prochain et défi-

Fig. 11.   PAGE 160.

Il serait malaisé de les attaquer dans leur village.

nitif redoublait le courage et l'énergie de chacun. Coûte que coûte, on voulait en finir; on se reposerait ensuite.

D'abord, on avait cheminé à l'ombre de grands arbres; mais il avait bientôt fallu traverser une plaine aride et large, où rien ne protégeait contre les ardeurs du soleil. L'Indien donnait à ses porteurs de fréquentes indications; et Mahorra tâchait de vérifier leur exactitude en recherchant sur le sol quelques traces révélatrices du passage de l'ennemi. Malheureusement le terrain était durci par la chaleur et ces traces étaient fort rares; cependant on en apercevait quelques-unes de loin en loin, et cela suffisait pour que l'on fût certain de la bonne foi du guide.

Puis, quand on eut atteint l'extrémité de la plaine, on se trouva sur une route, fort mal entretenue, il est vrai, mais qui permit d'avancer avec beaucoup moins de peine que sur les terrains en friche où l'on avait cheminé jusqu'alors.

« Où mène cette route? demanda Mahorra au blessé.

— A Tungara.

— Et tu penses que tes compagnons l'ont suivie?

— J'en suis persuadé.

— Combien y a-t-il encore de lieues d'ici au village?

— Quinze environ.

— Quinze lieues, dit le capitaine Lilienstern; en ce cas, si nous ne rattrapons pas nos ennemis et si nous sommes obligés d'aller jusqu'à Tungara, nous y serons demain dans la nuit. Il faudra, pour une fois, se contenter de six heures de sommeil et se résoudre à doubler les étapes; mais à la guerre comme à la guerre. Collez, je vous prie, votre oreille sur le sol, et écoutez. »

Mahorra exécuta l'ordre.

« Vous n'entendez aucun bruit de pas?

— Non, aucun.

— Alors, comme nous sommes ici sur un emplacement favorable pour camper, prenons trois heures de répit. Ce délai passé, nous repartirons et nous ne ferons qu'une autre halte de trois heures avant d'arriver au village. »

Tout le monde s'étendit sur le sol et l'on s'endormit. On avait attaché le blessé sur sa civière, pour qu'il ne lui prît pas fantaisie de s'enfuir.

Vers minuit, on se remit en marche. La lune ne semait que de pâles reflets et l'on y voyait à peine. Mais comme, grâce à la route, on n'avait plus à chercher son chemin, on avança sans difficulté. Puis la chaleur du jour était tombée et il en résultait une diminution de fatigue et une soif moins ardente.

Aucun incident ne se produisit jusqu'à dix heures du matin. On se disposait à faire la seconde et dernière halte lorsqu'au loin apparurent sur la route deux hommes conduisant un éléphant. Leur costume indiquait qu'ils appartenaient à la religion musulmane; ils portaient une longue robe blanche serrée à la taille par une ceinture et leur tête était entourée d'une étoffe disposée en turban. L'un d'eux était petit, vieux, imberbe et avait une carabine; l'autre était grand, massif, barbu, et devait avoir une quarantaine d'années.

A la vue de la troupe, ils s'arrêtèrent et parurent hésiter; mais, après avoir échangé quelques mots, ils continuèrent à avancer. Bientôt ils croisèrent nos amis.

« Vous venez de Tungara? leur demanda le capitaine Lilienstern.

— Nous venons de plus loin, mais nous y sommes passés.

— Et vous avez sans doute rencontré une bande d'Indiens. »

Avant de répondre, les deux hommes se consultèrent du regard.

« Oui, dit ensuite le plus âgé; ils sont campés sur la gauche de la route, à un quart de lieue d'ici. Quand nous sommes passés, ils s'apprêtaient à prendre leur repas.

— Et vous n'avez pas remarqué parmi eux une jeune fille et un jeune homme européens?

— Une jeune fille, non; un jeune homme, oui. Il était attaché à un poteau.

— Fort bien. Voulez-vous nous conduire jusque-là?

— C'est que nous allons dans la direction opposée. On nous attend dans un village pour une affaire importante et nous sommes déjà en retard. D'ailleurs, vous ne pouvez pas manquer de rencontrer ceux que vous cherchez; vous n'avez qu'à suivre la route.

— Soit, mais comme nous voulons les surprendre, nous avons besoin de vous pour nous indiquer de façon très exacte l'endroit où ils campent, avant que nous n'arrivions tout près d'eux. Il faut que nous les abordions sans qu'ils nous aient vus.

— Ce sont donc des ennemis que vous poursuivez?

— Plus encore, des brigands, à la fois voleurs,

incendiaires et marchands d'esclaves. Ne jugez-vous pas que de pareilles gens doivent être châtiés?

— Sans doute, mais ce n'est point là notre affaire.

— Je le reconnais; aussi n'ai-je point l'intention de vous demander un service sans vous offrir une rémunération. Voulez-vous vingt roupies? »

Les deux voyageurs étaient d'humbles camelots ambulants; ils allaient de village en village, achetant ici des bibelots qu'ils revendaient ailleurs. Ce qu'ils possédaient de plus précieux, c'était leur éléphant; encore était-il aveugle et affaibli par l'âge. Il leur servait à porter leur tente et les objets de leur commerce. Aussi, pour eux, vingt roupies constituaient une somme assez forte.

« Soit, répondirent-ils, nous acceptons. »

CHAPITRE XI

OU L'ON NE MANQUE PAS LE BUT, MAIS OU LE SUCCÈS
EST INCOMPLET.

Après avoir marché cinq cents mètres, on arriva à un tournant.

« Si vous m'en croyez, dit l'un des marchands, nous quitterons ici la route et nous nous engagerons sur sa gauche à travers bois; de cette façon on ne nous verra pas venir.

— Oui, répondit M. Manning, mais malheureusement on nous entendra.

— Non. D'abord nous ferons le moins de bruit possible; puis quand nous avons rencontré les Indiens, ils semblaient n'avoir aucune inquiétude au sujet de leur sécurité et n'étaient nullement aux aguets. Enfin, nous pouvons, si vous le voulez, prendre le pas de course et atteindre vos ennemis en moins de cinq minutes, c'est-à-dire avant qu'ils aient eu le temps de se retourner, au cas où ils s'apercevraient de notre approche. »

Le conseil fut suivi. En moins de cinq minutes, en effet, la troupe fut en présence des Indiens. A travers les intervalles des arbres, on les distinguait, faisant à la hâte leurs préparatifs de départ. Ils avaient entendu, sans doute, malgré toutes les précautions prises, les pas de nos amis, et ils se disposaient à la fuite. Comme l'avaient dit les deux marchands, Serge était attaché à un poteau, contre un fourré de plantes et d'arbustes; on l'avait dépouillé de ses vêtements et deux Indiens s'apprêtaient à le délier. Quant à Maria, on la chercha vainement du regard.

Les indigènes n'eurent pas plus tôt aperçu leurs poursuivants qu'ils se sauvèrent en toute hâte. Ils savaient, pour l'avoir éprouvé à la baie de Rangor, qu'ils avaient affaire à forte partie, et, au lieu de songer à la résistance, ils prirent leurs jambes à leurs cous.

« Ça va bien, » se dit le capitaine Lilienstern.

Et, s'adressant à ses hommes, il ajouta :

« En avant, au pas de charge et à la baïonnette. Surtout, ne tirez pas un seul coup de fusil; une balle pourrait atteindre ceux que nous voulons sauver. »

Les quarante mètres qui séparaient nos amis du campement des Indiens furent vite franchis; cependant, quand ils arrivèrent, la place était vide. Tous les occupants s'étaient enfuis; seul, Serge Robanoff était encore là, lié à son poteau, d'où l'on n'avait pas eu le temps de le détacher.

Tandis que, sur l'ordre du capitaine, on poursuivait les fuyards, dans l'espoir que Maria n'était pas loin et qu'on pourrait la délivrer, les deux marchands s'approchèrent de Serge. Franck et Nicolas accoururent à leur tour, et, s'armant de leurs couteaux, coupèrent rapidement les cordes qui retenaient le jeune russe prisonnier.

Aussitôt qu'il fut libre de ses mouvements, Serge se jeta successivement dans les bras de ses deux libérateurs et les embrassa avec des larmes dans les yeux.

« Mon pauvre frère! murmura Nicolas.

— Mon pauvre ami! répondit Franck. Comme tu as dû souffrir! »

Serge sourit tristement.

« J'avais fait le sacrifice de ma vie, dit-il.

— Et Maria? demanda Nicolas.

— Elle était ici tout à l'heure; mais au premier signal de votre approche, les Indiens l'ont emmenée.

FIG. 12.

PAGE 168.

Ils coupèrent rapidement les cordes qui retenaient le jeune
Russe prisonnier.

— Ils vont à Tungara?

— Oui.

— Et tu as pu parler à notre sœur?

— Nous avons échangé quelques mots seulement. Dès qu'on s'est aperçu que nous causions, on nous a séparés. Alors j'ai prié qu'on voulût bien nous laisser ensemble ; mais pour toute réponse on m'a dépouillé de mes vêtements, lié les mains, et menacé de la mort si j'adressais à notre sœur le moindre signe d'intelligence.

— Enfin, te voilà libre !... Et nous avons du moins la certitude que Maria est encore en vie.

— Oui, et l'espoir de l'arracher bientôt à son malheureux sort. Nous n'avons eu que le temps de nous dire quelques mots, mais cela a suffi pour que je sache qu'elle n'est ni malade ni désespérée. Elle n'ignore pas que vous vous occupez d'elle et que vous mettez tout en œuvre pour la sauver ; aussi, au lieu d'être découragée, puise-t-elle de l'énergie dans l'espérance que le terme de ses vicissitudes est prochain. »

Peu à peu les membres de la troupe arrivèrent. Leur chasse avait été vaine et, de guerre lasse, ils l'avaient abandonnée.

Il fallut que Serge racontât de nouveau à son

père, à M. Manning et au capitaine Lilienstern ce qu'il avait appris à Franck et à Nicolas.

« Il n'y a pas un moment à perdre, dit l'officier russe ; quelque harassés que nous soyons tous, il faut nous remettre en route sur-le-champ, de manière à arriver à Tungara avant que les Indiens aient eu le temps d'y prendre des dispositions pour se défendre ou pour quitter le village avec leurs familles.

— Oh ! remarqua l'un des marchands, vous y serez bientôt ; il ne vous reste plus guère que deux lieues et demie à faire et moins de deux heures vous suffiront pour les parcourir. Quant à nous, qui ne pouvons plus vous être utiles, nous vous demandons la permission de poursuivre notre chemin.

— Allez, mes amis, allez ; et recevez nos remerciements pour le service que vous nous avez rendu. »

Sur ces paroles, on se sépara ; les camelots retournèrent sur leurs pas et la troupe se remit en marche pour Tungara.

Tandis que l'on avançait, Mahorra s'approcha de la civière où était étendu l'Indien capturé la veille et que l'on continuait à porter.

« Maintenant, lui dit-il, indique-nous où se trouve la hutte où tes compagnons vont enfermer leur prisonnière à leur arrivée.

— Cette hutte appartient à Koumassi, à qui obéissent actuellement tous les habitants de Tungara. En sa qualité de chef, c'est lui qui a la garde de la jeune fille. Il est propriétaire d'un vaste terrain situé au nord du village et sur lequel sont construites une grande hutte et une petite; il habite la grande avec sa famille, et c'est dans la petite que doit être votre maîtresse. »

Mahorra communiqua ces renseignements au capitaine Lilienstern.

« Fort bien, répondit celui-ci. Vous connaissez parfaitement Tungara?

— Oui, pour y être allé très souvent.

— De sorte que, lorsque nous n'en serons plus qu'à une petite distance, vous saurez où nous devrons passer pour y arriver par le nord?

— Assurément.

— Le plan à suivre est des plus simples. Nous tâcherons d'entourer la propriété de Koumassi sans donner l'éveil aux autres habitants du village. Si les indigènes ne sont pas sur leurs gardes, rien ne sera plus facile, et nous délivrerons mademoiselle Robanoff sans coup férir. Dans le cas contraire, nous nous battrons. »

Il était trois heures de l'après-midi quand on

aperçut Tungara. On avait marché à une telle vitesse et pris si peu de repos que l'on avait gagné près d'une demi-journée sur le temps que l'on s'était assigné pour accomplir le voyage.

« C'est bien là la propriété de Koumassi? demanda le capitaine Lilienstern à son prisonnier, en lui désignant un terrain qui s'étendait à l'extrémité du village.

— Oui, et vous pouvez voir les deux huttes dont j'ai parlé. »

Tungara semblait désert. La tranquillité y régnait absolue et personne ne se montrait sur l'emplacement occupé par la localité.

C'était étrange. Devait-on croire que les Indiens n'étaient pas encore arrivés? La chose était improbable; et, du reste, même en supposant qu'ils eussent été retardés en chemin, il était peu admissible que les membres de leur famille, restés au village, fussent tous enfermés dans leurs demeures.

Il fallait savoir à quoi s'en tenir. Le capitaine Lilienstern donna à ses hommes l'ordre de cerner le terrain de Koumassi. Ce fut l'affaire de quelques minutes; et quand le cordon eut été formé, les Robanoff, les Manning et Mahorra s'avancèrent vers la petite hutte qu'avait désignée l'Indien blessé.

Elle était fermée, et il fallut en enfoncer la porte, qui céda bientôt. Mais, hélas! l'intérieur de la hutte était vide. Une fois de plus, on aboutissait à une cruelle déception.

Il n'y avait qu'une supposition à faire : c'est que, loin de s'être attardés en route, les Indiens avaient marché vite, et, dès leur arrivée à Tungara, avaient fui avec leurs familles, emportant le mobilier rudimentaire de leurs habitations. Cette hypothèse fut d'ailleurs bientôt confirmée; nos amis suivirent une à une toutes les huttes et cabanes du village et constatèrent que *toutes étaient vides.*

Que faire? — La question était plus facile à poser qu'à résoudre. Pour y répondre, il aurait fallu savoir dans quelle direction les Indiens s'étaient enfuis, et l'on n'avait sur ce point aucun indice.

Espérer qu'ils reviendraient, c'était inutile. Leur départ précipité prouvait surabondamment qu'ils étaient décidés à se soustraire à tout prix à une nouvelle attaque de ceux qui les poursuivaient. Ils avaient conscience de leur infériorité, et aux pertes qu'ils avaient déjà subies ils ne voulaient pas en ajouter de nouvelles.

« Décidément, dit M. Robanoff à M. Manning, je ne puis accepter que vous et vos fils vous partagiez

plus longtemps nos fatigues, nos dangers et nos
angoisses. Abandonner Maria à son sort, jamais nous
ne nous y résoudrons; tant qu'il nous restera un
souffle de vie, nous tenterons de la sauver. Mais
vous ne devez pas être plus longtemps les victimes
de nos vicissitudes, les compagnons de notre dure
existence. Voici que Tungara est débarrassé de vos
ennemis; rien, par conséquent, ne s'oppose à ce
que vous y restiez, à ce que vous vous y reposiez
après tant de tribulations, à ce que vous vous occu-
piez de vos affaires, qui demandent vos soins. »

Mais, comme il l'avait déjà fait à Calcutta, M. Manning refusa catégoriquement de se rendre aux argu-
ments et aux conseils de son ami.

« Je n'ai qu'une parole, répondit-il; et quand je
me suis juré quelque chose, rien ne peut me faire
manquer à mon serment. »

M. Robanoff voulut insister, mais M. Manning
l'arrêta d'un mot.

« Je vous en prie, dit-il, ne poursuivez point;
croire que je céderai à vos instances serait me faire
une injure que je n'ai pas méritée et que je ressen-
tirais vivement. »

Le capitaine Lilienstern était fort perplexe. Par
bonté d'âme, il s'était lancé dans une aventure dont

il avait cru l'issue proche et le succès certain. Il avait abandonné sa corvette, persuadé que son absence serait courte; et maintenant il constatait que tous ses efforts avaient été dépensés en pure perte. En réalité, on était moins avancé à l'heure actuelle qu'on ne l'avait été à la baie de Rangor, avant l'attaque à la suite de laquelle les Indiens avaient pris la fuite.

A quelle résolution devait-il s'arrêter? D'une part, il se considérait comme moralement engagé à mener jusqu'au bout l'entreprise dont il s'était constitué volontairement le chef; de l'autre, il se disait que son devoir de marin exigeait qu'il retournât à la baie et reprît le commandement de sa corvette. Sans doute les matelots qu'il avait laissés sur le *Violan* l'attendaient anxieusement; que devaient-ils penser? Du reste, il avait des ordres à remplir, une consigne sacrée à exécuter. Ses chefs l'avaient chargé d'une mission; et si cette mission comportait l'aide à donner à tout Russe habitant l'Inde, elle n'autorisait pas une campagne dans l'intérieur du pays.

M. Robanoff ne comprenait que trop l'état d'esprit dans lequel devait se trouver l'officier, et il n'osait pas lui demander ce qu'il comptait faire, craignant que sa réponse ne vînt diminuer encore ses espérances déjà amoindries. Il se disait qu'à la place du

capitaine il ne consentirait pas à se lancer dans l'in-
connu ; et, obéissant à une tendance inhérente à la
nature humaine, il se refusait à attaquer le premier
la question dont l'intérêt primait pour lui tous les
autres au point de les faire disparaître.

« Je ne sais, dit enfin le capitaine Lilienstern, quel
avis vous donner et quelle décision prendre. On prétend que la nuit porte conseil ; or, nous sommes tous
accablés de lassitude et nous avons un impérieux
besoin de repos ; nous demander ce soir d'accomplir
la plus légère besogne serait inutile. Dormons donc
jusqu'à demain matin ; nous aurons alors l'esprit plus
ouvert et nous serons mieux à même de juger la
situation et de lui trouver un remède. »

La troupe se partagea en plusieurs groupes dont
chacun s'installa dans une des habitations aban-
données. Bientôt tout le monde dormit d'un sommeil
lourd et profond, et le silence régna dans Tungara,
à peine troublé par le bruit des pas de quatre sentinelles qui veillaient.

CHAPITRE XII

OU LES TUNGARIENS COMMENCENT A TROUVER QUE TOUT
N'EST PAS ROSE DANS LE MÉTIER D'INSURGÉ.

Les Tungariens s'étaient enfuis de leur village en toute hâte. Craignant d'y être assiégés et massacrés avec leurs familles, ils avaient chargé sur les voitures et chevaux qu'ils avaient capturés au comptoir et chez M. Manning la plus grande partie de leurs hardes et des quelques objets qui constituaient leur mobilier; puis ils avaient abandonné leurs demeures, et s'étaient réfugiés dans les bois de Puctoo. Singulier revirement des choses humaines! quelque temps auparavant, les Manning et les Robanoff s'étaient abrités dans ce même bois, chassés de leurs habitations par ceux-là mêmes qui fuyaient maintenant devant eux.

Les Indiens avaient emmené Maria avec eux. La jeune fille supportait sa captivité sans proférer une

12

plainte; elle avait confiance dans l'issue des efforts
que les siens tentaient sans relâche pour la délivrer,
et cette confiance lui donnait un courage qui triom-
phait de toutes les amertumes de sa situation. Malgré la mauvaise nourriture, les fatigues continuelles
et les nuits passées sur le sol, sa santé n'avait pas
trop souffert. Sans doute elle n'avait plus la fraîcheur
de teint et la vivacité d'allures d'autrefois; sans
doute elle était amaigrie et affaiblie ; mais en somme
sa rude existence n'avait nullement attaqué sa cons-
titution.

Les Tungariens ne songeaient plus à la vendre;
et s'ils n'eussent écouté que leurs sentiments, à coup
sûr ils lui auraient fait payer cher les tribulations
auxquelles ils étaient actuellement en butte et dont
ils la considéraient comme la cause principale. Mais
ils se disaient que leur prisonnière était un précieux
otage qui pourrait un jour ou l'autre changer la face
de leurs affaires. Ils comprenaient que si l'on s'achar-
nait à leur poursuite, c'était moins pour les combattre que pour leur arracher la jeune fille; et ils
pensaient que si les événements continuaient à
prendre pour eux une tournure défavorable, ils ob-
tiendraient sans doute, en offrant de rendre Maria,
des conditions de paix point trop dures. Aussi en

étaient-ils venus à la traiter, sinon avec égards, du moins avec ménagements.

La paix... ils commençaient à l'envisager comme une nécessité. Ils étaient désormais condamnés à une vie errante qui n'était nullement de leur goût. Ils regrettaient Tungara, d'autant plus qu'ils redoutaient de n'y pouvoir jamais retourner. Ils savaient que déjà la révolte était domptée presque partout dans la province de Calcutta, et que ceux des insurgés qui n'avaient pas voulu rentrer dans l'ordre avaient dû battre en retraite vers le nord du pays.

Espérer qu'ils échapperaient au sort commun eût été insensé. Ils formaient une poignée d'hommes armés seulement de flèches et de lances, incapables de résister à la première attaque des troupes anglaises. Quant à vivre cachés dans les bois de manière à éviter d'en venir aux mains, c'était possible pendant quelque temps; mais outre que cette perspective n'avait rien d'engageant, elle comportait un état permanent de vagabondage et de privations qui ne pouvait s'éterniser.

Ah ! décidément tout n'était pas rose dans le métier d'insurgé; et les Tungariens, qui l'apprenaient à leurs dépens, commençaient à regretter amèrement d'avoir cédé aux suggestions de Mahal le fakir. C'était

à lui qu'ils attribuaient tous leurs déboires, toute la res-
ponsabilité de leur situation ; ah ! pourquoi l'avaient-
ils écouté, au lieu de résister à ses pernicieux avis !

Mahal les avait poussés à la révolte ; et quand
il en était arrivé à ses fins, quand elle avait eu éclaté,
il était reparti, sans doute pour aller prêcher ailleurs le soulèvement.

Les principaux membres de la tribu s'assemblèrent
et tinrent conseil.

Ce fut Koumassi qui parla le premier.

« Si nos frères du Bengale étaient en état de
lutter encore contre la domination anglaise, dit-il,
je considérerais comme notre devoir et comme
notre intérêt de joindre nos efforts aux leurs.
Mais leurs tentatives ont toutes échoué, et ils ont
dû renoncer à l'indépendance qu'ils avaient un moment espéré conquérir. Ils se sont soumis et ont
repris dans leurs villages l'existence d'autrefois.
Quelques-uns, il est vrai, n'ont pas voulu se résoudre à la sujétion ; mais quel est leur sort ? Refoulés
vers le nord, condamnés à errer par monts et par
vaux avec leurs femmes et leurs enfants, sans cesse
sur le qui-vive, ils sont plus misérables que les parias. Ils répandront leur sang inutilement, et aux
chagrins du passé s'ajouteront pour eux des deuils

cruels. Imiterons-nous leur exemple? Je crois qu'il vaudrait mieux pour nous et pour les nôtres essayer d'obtenir la paix; sans doute on nous l'accorderait à des conditions acceptables, et nous pourrions retourner à Tungara, où, à défaut de la réalisation de nos vœux, nous aurions du moins le calme et la sécurité. Nous proposerions de rendre notre prisonnière : que pourrait-on nous demander de plus? on sait bien que nous sommes pauvres et incapables de payer de lourds impôts. Nous avons brûlé des habitations; nous travaillerons à les reconstruire. Nous nous sommes approprié quelques chevaux et quelques voitures; nous les restituerons. »

Ce que disait Koumassi, tous ses compagnons le pensaient; aussi personne ne fit la moindre objection au plan qu'il indiquait.

« Oui, dit un des Tungariens, tu as raison. Et plus tôt nous exécuterons ton projet, mieux cela vaudra. Seulement, la difficulté est de déterminer de quelle manière nous ferons parvenir notre requête à ceux qui nous poursuivent. Nous ne savons même pas où ils sont.

— Ils sont sûrement à Tungara, où ils se seront rendus dans l'espoir de nous y surprendre, et où

ils nous attendent sans doute, comptant que nous
y reviendrons bientôt. L'un de nous ira vers eux et
leur portera des paroles de paix.

— Et s'ils gardent notre envoyé sans vouloir
l'entendre?

— Cela n'arrivera pas. Les Européens considèrent comme un devoir sacré de respecter quiconque leur est envoyé en parlementaire. Du reste, je
suis prêt à me charger de la mission, et à l'accomplir sur-le-champ, si vous le désirez. »

Koumassi partit, en effet, sans perdre de temps.

Comme il marchait d'un pas rapide, il entendit soudain un bruit de voix qui partait d'un endroit peu éloigné. Il écouta et des lambeaux de
phrases prononcées en anglais parvinrent jusqu'à
lui.

« Sans doute, se dit-il, ce sont nos ennemis qui,
ne nous ayant pas trouvés à Tungara, se sont lancés à notre poursuite. »

Il se dirigea du côté d'où venait le bruit et arriva
bientôt à un massif de roseaux qui longeait une
étroite rivière. Il se fraya un chemin à travers leurs
hautes tiges, et, quand il fut tout près du bord de
l'eau, il vit sur l'autre rive cinq personnages qui
venaient de capturer un éléphant.

FIG. 13. PAGE 182.

Il vit cinq personnages qui venaient de capturer un éléphant.

L'animal était un jeune grondah (1) qui s'était laissé prendre dans un piège et qu'une lance empoisonnée avait tué. Il gisait étendu sur le flanc gauche; de peur qu'il ne fût pas tout à fait mort, un officier maintenait son œil droit fermé; deux soldats, qui pour avoir leurs mouvements plus libres s'étaient mis en bras de chemise, passaient une corde sous lui; et un autre officier regardait curieusement un indigène qui, grimpé sur l'animal, exécutait une danse triomphale.

Koumassi hésita à se montrer. Sans doute il assistait à l'issue de la chasse des deux officiers anglais auxquels le service militaire avait laissé quelques heures de loisir. Et s'il en était ainsi, si l'Indien et les quatre Européens qu'il avait devant lui ne faisaient pas partie de la troupe qui poursuivait ses compagnons, il était inutile qu'il leur adressât la parole.

Il savait que des détachements de soldats anglais parcouraient le pays. L'indigène qui dansait sur le grondah avait probablement voulu procurer aux officiers les émotions d'un sport peu commun, et

(1) Les éléphants vivent d'habitude en troupes ou hordes; mais on rencontre dans l'Hindoustan beaucoup d'éléphants solitaires que les indigènes appellent grondahs.

leur avait, contre la promesse de quelques roupies de récompense en cas de succès, offert de leur livrer l'éléphant dont il avait découvert l'abreuvoir naturel.

Koumassi rebroussa chemin; mais comme il allait sortir du massif de roseaux qui le cachait, il aperçut un petit groupe d'hommes devant lequel marchait, les mains liées et un lasso passé à son cou, un jeune officier de l'armée britannique.

Le Tungarien eut un geste d'effroi et une exclamation s'échappa de ses lèvres :

« Les thugs! les thugs! »

Les thugs, c'est-à-dire les étrangleurs, qui forment aux Indes une secte nombreuse et dont les terribles pratiques déciment les hameaux partout où ils passent, — gens d'une adresse extraordinaire et d'une persévérance infatigable, qui poursuivent souvent pendant des mois entiers les malheureux qu'ils ont choisis pour être leurs victimes et qui les étranglent lorsqu'ils ont enfin réussi à les attirer dans leurs pièges.

Les étrangleurs, plaie de l'Hindoustan, qui manœuvrent dans l'ombre, d'autant plus à redouter qu'ils ne portent aucun signe extérieur auquel on puisse les reconnaître, qui sont partout et qu'on ne voit nulle part, auxquels on parle sans se douter que l'on a affaire à des meurtriers de profession, sectaires dont les voyageurs ont plus d'effroi que du choléra et de la peste.

Le thuggisme a ses prêtres, ses mystères, ses rites ; il a ses initiations et ses fonctions diverses. Son organisation remonte à une antiquité des plus reculées, et il s'attribue une origine divine. La déesse Kâli, qui représente, dans la mythologie indoue, l'un des deux principes sur lesquels repose le système de l'univers, — le principe de la destruction — institua, d'après cette grossière théogonie, l'ordre des thugs pour lutter contre le principe de la création. Elle révéla elle-même à ses fidèles l'art de la strangulation, et étendit sa protection sur les missionnaires de son culte en se chargeant de faire disparaître les traces de leurs sacrifices. Par malheur, des novices furent, un jour, assez indiscrets pour épier les faits et gestes de Kâli ; ils la surprirent au moment où, descendue sur la terre, elle enlevait les corps des victimes offertes en holocauste. C'est depuis lors que les thugs sont, en punition de ce forfait, condamnés à cacher eux-mêmes les meurtres qu'ils commettent.

La cérémonie de l'initiation des profanes est par-

faitement réglée. On baigne d'abord le néophyte
afin de le purifier, on l'habille de vêtements neufs,
et on le présente à ceux dont il va devenir le frère ;
puis on se rend dans un lieu consacré, où le gourou, c'est-à-dire le père spirituel, invoque la déesse
Kâli et la supplie de déclarer par quelque signe visible si elle daigne accepter au nombre de ses fidèles
le candidat étrangleur. Il n'arrive presque jamais
que l'aspirant soit repoussé ; la déesse est complai-
sante et a toutes sortes de façons de manifester sa
volonté : le vol d'un oiseau, le cri d'un animal quel-
conque, indique que le récipiendaire est digne
d'être admis. On rentre alors dans l'habitation d'un
initié, et, mettant aux mains du nouveau membre
une hache de fer, symbole de l'association, le
gourou lui fait prononcer ses vœux. Aussitôt qu'il
a prêté le serment solennel qui le lie, le prêtre lui
met sur la langue un morceau de sucre consacré.
C'est la fin de la cérémonie.

Il n'est pas permis aux thugs de répandre le sang.
Quiconque, en étranglant une victime, enfreint
cette règle, tombe dans le plus profond mépris ; il
est banni de sa caste et abandonné même par ses
compagnons.

Chaque sacrifice humain est précédé de cérémo-

nies en l'honneur de la déesse ; et sa part du butin
est remise à ses prêtres, qui seuls sont initiés aux
mystères de son culte. On n'est purifié du meurtre
que par cet abandon volontaire, auquel il est d'usage
d'ajouter un petit cadeau destiné au prêtre lui-
même.

La corporation est divisée en trois catégories,
dont chacune a ses fonctions distinctes : les *soothas*,
qui font tomber la victime dans le piège ; les *bouthotes*
qui l'étranglent ; les *lughas*, qui lui creusent une
tombe invisible.

Le colonel Sleeman, ancien chef de la police anglaise spécialement affectée à la répression du thuggisme, raconte, dans un livre intitulé : *Promenades et Souvenirs*, l'anecdote suivante qu'il tenait
d'un étrangleur et qui fait voir avec quelle astuce
persévérante ces missionnaires du meurtre accomplissent leurs vœux :

« Un officier mongol, de noble contenance et de
belle figure, se rendant de Punjab dans le royaume
d'Oude, traversa un matin le Gange près de Meerut,
pour prendre la route de Barcilly. Il était monté sur
un superbe cheval turcoman, et accompagné de son
domestique et de son palefrenier.

« Sur la rive gauche du fleuve l'officier rencontra

un groupe d'hommes de respectable apparence qui
suivaient la même route que lui. Ces derniers
l'accostèrent avec les formes les plus humbles et
cherchèrent à entrer en conversation ; mais le Mongol était sur ses gardes contre les thugs et il ordonna
aux voyageurs de le laisser continuer seul sa route.
Les étrangers s'efforcèrent de dissiper ses soupçons,
mais ce fut en vain : d'une voix tonnante l'officier
intima aux voyageurs l'ordre de s'éloigner, et ils
obéirent.

« Le lendemain, le Mongol fut rejoint sur la route
par le même nombre de voyageurs ; mais ces hommes
présentaient un aspect différent de ceux de la veille.
C'étaient tous des musulmans, qui s'approchèrent
de lui très cérémonieusement, lui parlèrent des dangers de la route et lui demandèrent la faveur de se
mettre sous sa protection. L'officier ne répondit pas
à ces aventuriers ; et comme les voyageurs persis-
taient à s'attacher à ses pas, il plaça la main sur
son sabre et leur commanda de s'éloigner, s'ils ne
voulaient pas voir leurs têtes voler de dessus leurs
épaules. C'était un formidable cavalier ; il portait à
son dos un arc et un carquois plein de flèches, une
paire de pistolets à sa ceinture et un sabre à son côté.
Aussi les pauvres gens obéirent en tremblant.

« Le soir, un autre groupe de voyageurs, logés
dans le même caravansérail que le Mongol, lièrent
connaissance avec ses domestiques; et, au matin,
en les rejoignant sur la route, ces voyageurs cherchèrent à entrer en conversation avec le maître.
Mais, malgré les prières de ses serviteurs, pour la
troisième fois le Mongol commanda impérieusement
aux étrangers de demeurer en arrière.

« Le quatrième jour, le Mongol, continuant sa
route, était arrivé au milieu d'une plaine déserte;
ses domestiques le suivaient à distance, lorsqu'il se
trouva en présence de six-pauvres musulmans qui
pleuraient sur le corps d'un de leurs compagnons,
mort au bord du chemin; c'étaient des soldats de
Lahore qui revenaient à Lucknow pour revoir leurs
femmes et leurs enfants après une longue absence.
Leur compagnon, l'espoir et la joie de sa famille,
avait succombé aux fatigues du voyage, et ils allaient
déposer son corps dans la fosse béante ouverte par
leurs mains; mais, pauvres gens illettrés qu'ils
étaient, aucun d'eux n'était capable de lire les prières
du Coran, et, si l'officier voulait rendre ce dernier
hommage à la mémoire du défunt, il ferait là un
acte de bienfaisance dont il lui serait tenu compte
en ce monde et dans l'autre.

« Le Mongol ne résista point à cet appel à sa religion et descendit de cheval. Le corps avait été placé
dans la fosse de la manière prescrite par le Coran,
la tête tournée vers la Mecque. Un tapis fut étendu
devant l'officier; il ôta d'abord son carquois, puis
son sabre et ses pistolets, qu'il déposa au bord de la
fosse. Une fois désarmé, il se lava la face, les pieds
et les mains, pour ne pas dire les prières en état
d'impureté, et, se mettant à genoux, commença à
haute voix le service des morts.

« Deux compagnons du défunt, agenouillés près
du cadavre, priaient en pleurant; les quatre autres
s'étaient portés à la rencontre des deux domestiques,
pour que leur arrivée ne vînt pas interrompre les
prières du bon Samaritain.

« Soudain, à un signal, les masques sont jetés,
et au bout de quelques minutes le Mongol et ses deux
serviteurs étaient empilés dans la fosse béante. Tous
les voyageurs que le Mongol avait rencontrés appartenaient à une même bande de thugs du royaume
d'Oude, qui, désespérant de capter sa confiance par
de mielleuses paroles, avaient imaginé ce stratagème
pour le tuer. L'officier, homme de forte corpulence,
mourut sur le coup; ses serviteurs ne firent aucune
résistance. »

Ailleurs le colonel Sleeman raconte que lorsqu'il était chargé de la magistrature et de l'administration civile du district de Mersingpour, dans
la vallée de la Nerbudda, une bande d'étrangleurs
demeurait, sans qu'il le sût, dans un village situé à
moins de 400 mètres de sa cour de justice. Les admi-
rables bosquets du bourg de Mundesoar, qui se
trouve sur la route de Sangor à Bhopac, étaient le
principal théâtre des effroyables exploits de ces
meurtriers par profession héréditaire; des centaines de voyageurs étaient enterrés chaque année
dans ces bosquets.

Ici, il faut donner de nouveau la parole au colonel. « Le jour, dit-il, où Feringha, chef de ces
meurtriers, devenu dénonciateur public, me fit ses
premières révélations, ma raison révoltée refusait
d'y ajouter foi, quand tout à coup il fit exhumer du
sol même que couvrait le tapis de ma tente treize
cadavres à divers degrés de décomposition et m'offrit
d'en faire sortir de terre tout autour de moi un
nombre illimité. Cette exhibition funéraire frappa
comme d'un coup de foudre mon esprit consterné ;
il fallut bien alors me rendre à l'évidence et croire
aux épouvantables drames dont les preuves se dres-
saient devant moi comme le spectre de Banco ! »

Quiconque ignore comment est constituée la société en Orient comprendra difficilement qu'une
semblable association ait pu se former, se développer
et commettre des crimes si atroces et si nombreux
sous les yeux mêmes de la police. Mais celui qui a
étudié l'Asie, connaît le fractionnement de son territoire et l'apathie de ses autorités administratives,
conviendra que les brigands ont beau jeu pour y
pratiquer impunément l'assassinat. Il a été démon-
tré que dans l'Inde moyenne une grande partie des
zemindars ou fermiers généraux, des jaghirdars ou
propriétaires-fermiers, et même des pattels ou autorités municipales des villages, étaient autrefois en
rapports directs avec la société des étrangleurs, à
qui ils fournissaient des espions, des recéleurs, des
secours et des asiles. Que l'on songe, d'après cela, à
l'effroyable consommation de vie humaine qui a dû
se faire dans l'Hindoustan! combien de familles ont
péri annuellement sous les coups de plus de cinquante
mille assassins régulièrement organisés, procédant
avec ensemble et méthode, et dans des régions où
les pèlerinages, la superstition et les mœurs rendent
l'homme essentiellement nomade!

Aujourd'hui la secte infernale est traquée de repaire en repaire et le nombre de ses adeptes est fort

heureusement très diminué. Toutefois la plaie existe encore, et il est bien certain qu'elle infesterait de nouveau le pays si les autorités se relâchaient de leur surveillance.

———

CHAPITRE XIII

Dès que Koumassi fut revenu de sa stupeur, il retourna vers la petite rivière, s'y jeta et la traversa à la nage. Les chasseurs le regardaient, tout étonnés.

« Alerte ! dit-il, dès qu'il fut près d'eux; les thugs viennent de s'emparer d'un de vos camarades et l'emmènent.

— Les thugs !

— Oui, je les ai aperçus. Hâtez-vous.

— Et où sont-ils ?

— A trois cents pas d'ici environ, de l'autre côté de la rivière.

— Leur troupe est nombreuse ?

— Trente hommes à peu près, bien armés sans doute, et contre lesquels nous ne sommes pas en force. Vos soldats sont-ils loin d'ici ?

— Non, tout près.

— En ce cas, il faut que l'un des vôtres coure les prévenir et qu'ils arrivent au plus vite. Nous tâcherons, en les attendant, de ne pas perdre de vue les thugs; mais, croyez-moi, si vous tenez à sauver votre camarade, agissez immédiatement.

— Lieutenant Pearson, dit l'un des deux officiers, voulez-vous vous charger d'aller jusqu'au campement et de ramener des renforts?

— Je suis à vos ordres, mon capitaine.

— Eh bien, partez; je vous attends ici.

— Dans une demi-heure je vous aurai rejoint, je vous le promets. »

Quand le lieutenant se fut éloigné, Koumassi dit au capitaine Kellett :

« Si vous le jugez à propos, vos trois compagnons vont traverser avec moi la rivière à la nage, et nous vous aiderons tout à l'heure à retrouver la piste des étrangleurs.

— Allez. »

Les thugs étaient déjà loin; Koumassi et ses trois compagnons arrivèrent à l'extrémité du massif de roseaux juste à temps pour les apercevoir au moment où ils s'engageaient sur un terrain abrité par des arbres élevés et de nombreux buissons.

Les quatre hommes s'élancèrent.

« Il faudra nous échelonner, dit Koumassi tout
en courant ; de cette manière, nous pourrons indiquer
à ceux que nous attendons le chemin qu'ils doivent
suivre, et, pourvu qu'ils ne tardent pas trop, rattraper les étrangleurs ou les surprendre avant qu'ils
n'aient consommé leur hideux sacrifice à la déesse
Kâli. »

Les thugs étaient bien loin de se douter qu'ils
avaient été vus, que l'on avait deviné leurs projets
et qu'ils étaient épiés. Aussi ne prenaient-ils aucune
précaution pour éviter d'être poursuivis. Ils marchaient lentement, savourant d'avance le spectacle
des tortures qu'ils allaient, avant de l'étrangler,
infliger à leur prisonnier.

Ce prisonnier était un tout jeune officier ; il savait
le sort qui lui était réservé, pourtant il avançait sans
qu'il fût besoin de le soutenir et souriait courageus-
ement à la mort. Son visage ne trahissait aucune
émotion ; il allait, la tête haute et le regard fier,
aussi tranquille en apparence que si ceux qui l'escor-
taient eussent été des soldats à ses ordres. Il avait
été capturé à cinq cents mètres tout au plus du lieu
de son campement, qu'il avait quitté, seul et sans
armes, pour une courte promenade. Surpris au
moment où il s'y attendait le moins, il s'était tout à

coup trouvé baillonné, saisi à bras-le-corps et jeté
sur le sol. Il n'avait pu ni résister ni appeler au secours. Puis on lui avait passé une corde autour du
cou et on l'avait emmené..

Après une longue marche, les thugs et l'officier
arrivèrent à un emplacement boisé où ils s'arrêtèrent. A droite se trouvaient, amoncelées, des fas-
cines sèches qui semblaient impénétrables. Quelques
étrangleurs s'en approchèrent et les eurent vite
déplacées. Alors apparut un boyau souterrain, étroit
et obscur, dans lequel la bande s'engagea.

Ce boyau, qui, à l'entrée, était juste suffisant pour
livrer passage à un homme, ne tarda pas à s'élargir;
en même temps il s'éclairait d'une lueur qui, d'abord
vague, alla en augmentant d'intensité. Bientôt on
pénétra dans une sorte de crypte, soutenue par des
colonnes, et qui avait l'aspect d'un temple païen;
c'était une pagode, consacrée au culte de la déesse
Kâli.

Des lampes y brûlaient, répandant une odeur
d'huile dans l'air chargé d'humidité. Contre l'un des
murs, un autel était dressé, surmonté de la statue de
la déesse. Kâli était représentée assise, ayant quatre
bras et revêtue de vêtements enrichis de magnifiques pierreries. A l'une de ses mains une tête

humaine était attachée par les cheveux; les autres
tenaient des ornements symboliques. Sur sa figure,
en bois noirci, les prunelles et les dents d'ivoire
ressortaient vivement. Elle portait au cou deux
colliers, dont l'un était formé de crânes décharnés
et l'autre d'une bande de velours noir sur laquelle
étaient dessinés d'autres crânes. Devant elle, sus-
pendu au profond, était un énorme gong.

De nombreux thugs étaient assemblés dans le
temple. A la vue des arrivants, ils poussèrent des
cris de joie; ils allaient avoir une victime à immoler
à la déesse et le sacrifice aurait à leurs yeux d'autant
plus de valeur que cette victime était un officier
anglais.

On procéda sur-le-champ aux apprêts de la cérémonie. Pour enlever au prisonnier tout moyen de
résistance, on lui lia solidement les mains derrière
le dos; puis on l'amena aux pieds de Kâli, sur un
tréteau de pierre où on lui ordonna de se coucher.

L'officier obéit. On alluma du feu tout autour de
lui; et, tandis que deux hommes le maintenaient
dans sa position, un thug, dont le corps était enserré
dans les replis de trois gros serpents, vint s'agenouiller à son côté. Il était habillé d'une robe et
d'un turban de soie ornés de chapelets de boules

Fig. 14.   Page 198.

Un thug, dont le corps était enserré dans les replis de trois
gros serpents, vint s'agenouiller à son côté.

d'agathe et jouait d'une espèce de fifre aux sons duquel les reptiles agitaient leur tête.

Les minutes de la victime étaient comptées. Pour l'étrangler, on n'attendait qu'un signal : le bruit du gong, frappé par le maillet qu'un thug tenait déjà de sa main levée. Mais au moment même où ce signal allait retentir, une épouvantable fusillade éclata dans le souterrain.

Ce fut parmi les thugs une confusion indescriptible. Éperdus, affolés, ils s'enfuirent précipitamment dans tous les sens, criant, se bousculant, se renversant, cherchant un refuge derrière les colonnes et dans les profondeurs du temple.

« Feu ! » dit une voix que reconnut le prisonnier.

Une seconde décharge suivit la première, puis les détonations se succédèrent de façon intermittente. Le sol était jonché de cadavres ; la fumée formait dans l'air d'épais nuages et y répandait une odeur de poudre qui prenait à la gorge.

« A la baïonnette maintenant ! » prononça la même voix qui avait commandé le feu.

Des soldats s'élancèrent, tuant sans pitié ni merci les sectaires, qui ne cherchaient même pas à se défendre. Quelques-uns d'entre eux seulement furent épargnés sur l'ordre formel du chef des assaillants.

Le lecteur devine ce qui s'était passé. Dès qu'il avait eu reçu les hommes qu'était allé chercher le lieutenant Pearson, le capitaine Kellett leur avait fait traverser à la nage le cours d'eau où il les avait attendus et les avait conduits au pas de course à la poursuite des thugs, dont Koumassi et ses trois compagnons avaient indiqué le lieu de retraite. Les soldats s'étaient engagés dans le boyau souterrain sans faire aucun bruit, et, parvenus à l'entrée du temple, ils avaient fait feu.

Pendant qu'on exterminait les thugs, le capitaine s'était approché du prisonnier et l'avait débarrassé de ses liens.

« Eh bien, mon pauvre Morris, lui dit-il, il était temps que nous arrivions.

— Oui, j'ai vu la mort de près. J'avais déjà donné un dernier souvenir à mes parents et recommandé mon âme au bon Dieu.

— Heureusement tout est bien qui finit bien. Vous voilà sauvé et notre armée ne perdra pas un de ses plus braves officiers. »

Le sous-lieutenant Morris serra silencieusement la main du capitaine Kellett; mais dans cette étreinte muette il y avait l'expression d'une reconnaissance infinie.

« Et comment avez-vous su que j'étais ici?

— Je l'ai su grâce à un Indien à qui vous devez, je vous l'assure, bien plus de gratitude qu'à moi. »

Le capitaine appela Koumassi, qui était à quelques pas, et, debout, immobile, les bras croisés sur sa poitrine, contemplait avec effroi la scène d'horreur dont il était le témoin.

« Voici votre véritable sauveur, » dit-il au sous-lieutenant.

Et en quelques mots il raconta le rôle que l'Indien avait joué.

« Mon ami, dit le jeune officier au Tungarien, il est des services que l'on ne saurait payer, et celui que vous venez de me rendre est de ce nombre. Toutefois, s'il est un de vos désirs qu'il soit en mon pouvoir de réaliser, parlez; il n'y a rien que je ne fasse pour m'acquitter au moins partiellement envers vous.

— J'ai accompli le plus simple des devoirs, répondit Koumassi, et je ne mérite aucune récompense.

— Il n'en est pas moins vrai que sans vous je ne serais pas vivant à cette heure. Voyons, je vous en prie... Vous avez peut-être une femme, des enfants? »

L'Indien baissa la tête et murmura :

« Oui.

— Eh bien, ne puis-je pas leur être utile? »

Koumassi hésita. Il paraissait en proie à un combat intérieur de ses pensées. Enfin il se décida.

« Si, vous pouvez leur être utile, vous pouvez même être utile à la population de tout un village au point de la sauver de la misère et de l'arracher à l'existence errante qu'elle a en perspective.

— Ce que vous demanderez est accordé d'avance, pourvu que mon honneur de soldat ne soit pas en jeu. Je comprends à vos paroles que vos concitoyens et vous avez pris part à la révolte. Eh bien, exprimez-vous en toute confiance; si le rôle d'un officier est de combattre l'ennemi tant qu'il est debout, il est aussi d'être clément pour cet ennemi dès qu'il est vaincu. Et, d'ailleurs, ce n'est pas un officier qui est actuellement devant vous, c'est un ami, un véritable ami, sur lequel vous avez tous les droits. »

Encouragé par ces paroles, Koumassi donna les détails de la mutinerie à laquelle il avait pris part et des conséquences qu'elle avait eues. Il ne cacha rien et ne chercha nullement à pallier les torts des Tungariens. Puis il expliqua la mission dont il s'était chargé et qu'il n'avait encore pu remplir.

« Si vous vouliez, dit-il en concluant, m'aider à mener cette mission à bonne fin en me prêtant l'appui de votre autorité, vous me rendriez au centuple le peu que j'ai fait pour vous.

— Mon autorité n'est pas grande, répondit le sous-lieutenant; mais mon intervention, du moins, vous est acquise, et vous pouvez compter que je ne négligerai rien pour qu'elle ait le résultat que vous désirez. »

Et, se tournant vers le capitaine Kellett, il ajouta :

« Tungara n'est pas loin. Voulez-vous, mon capitaine, m'accorder un congé de quelques heures, afin que je puisse accompagner Koumassi et intercéder pour ses concitoyens?

— Certes, mon ami; et quoique les torts des Tungariens soient graves, je suis prêt, s'il le faut, à joindre mes prières aux vôtres et à demander à leurs victimes de ne pas mettre à la paix d'autre condition que la liberté de mademoiselle Robanoff. »

Koumassi et le sous-lieutenant quittèrent le souterrain. Quand ils furent partis, le capitaine se fit amener ceux des thugs dont il avait exigé que l'on épargnât la vie. Ils étaient seulement au nombre de cinq.

« Parle, misérable, dit-il, s'adressant à l'un d'eux; où sont les autres temples de la déesse Kâli?

— Il n'y en a pas d'autre que celui-ci dans toute la province, répondit l'étrangleur.

— Tu mens !

— Je ne mens pas.

— Je suis sûr que les gens de ta secte se réunissent ailleurs qu'ici pour leurs infâmes sacrifices.

— Le temple où nous sommes est, je l'affirme, le seul que nous possédions dans les environs de Calcutta.

— Soit, mais vous avez dans les bois des repaires où vous vous retrouvez. Si tu ne me les indiques pas, tu vas être fusillé sur-le-champ.

— Et si je vous les indique?

— Toi et tes associés, qui avez tout à l'heure échappé au massacre, vous perdrez votre liberté, mais on vous laissera la vie. »

L'étrangleur garda un moment le silence. Du regard il semblait consulter ses coreligionnaires.

« Réponds, dit le capitaine, ou je donne à mes soldats l'ordre de te passer par les armes. »

Il était hors de doute que l'officier n'hésiterait point un seul instant à faire exécuter sa menace. Le prisonnier le comprit.

« Eh bien, puisque j'y suis contraint, dit-il, j'avoue que nous avons dans le bois de Puctoo une enceinte consacrée à la déesse Kâli.

— Dans le bois de Puctoo... Tu nous y conduiras tout à l'heure. Et puis ?

— C'est notre seul lieu de rendez-vous.

— Encore une fois, tu mens !

— Non, je ne mens pas. Il existe certainement d'autres temples et d'autres endroits de réunion, mais tous sont très éloignés d'ici et ni moi ni mes compagnons ne les connaissons. Seuls, les thugs qui habitent dans les régions où ils se trouvent pourraient les indiquer. »

Le capitaine accepta cette allégation comme véridique, et n'insista point.

On garrotta les cinq prisonniers, puis on sortit du souterrain. Quand les soldats arrivèrent au grand air, il leur sembla qu'ils échappaient au plus affreux cauchemar. Au cours des batailles auxquelles ils avaient assisté, jamais ils n'avaient éprouvé une impression comparable à celle qu'ils venaient de ressentir. Ce temple, où n'avait jamais pénétré la lumière du jour, où s'étaient accomplis un nombre incalculable d'assassinats, où le sol renfermait peut-être des centaines de squelettes, où l'on était assailli par les plus effroyables visions, ce temple dépassait en horreur tout ce qu'ils avaient vu, tout ce que leur imagination aurait pu inventer de terrifiant et de monstrueux.

La guerre, la lutte en plein jour face à face avec l'ennemi, voilà qui était bien, — voilà qui, du moins, ne révoltait pas. Mais la tuerie lâche, exécutée de sang froid, dix contre un, constituait une atrocité de bête féroce. Encore le fauve n'étrangle-t-il, d'ordinaire, que lorsqu'il est poussé par la faim.

« Allez, dit le capitaine Kellett aux étrangleurs, marchez en tête et montrez-nous le chemin. »

CHAPITRE XIV

OU BIEN DES CHOSES SE DÉCIDENT.

Tandis que la troupe se dirigeait vers le repaire des thugs, Koumassi et le sous-lieutenant Morris arrivaient à Tungara.

L'officier anglais s'adressa à un matelot russe, qui, le fusil sur l'épaule, montait la garde à l'entrée de la propriété de Koumassi.

« Voulez-vous, lui dit-il, prévenir votre chef que mon compagnon et moi désirons lui parler d'urgence? »

Le matelot appela un de ses camarades, qui se chargea de la commission.

Le capitaine Lilienstern, les Robanoff, les Manning et Mahorra étaient en ce moment réunis dans la hutte de Koumassi et discutaient sur la ligne de conduite qu'il convenait d'adopter.

Le marin entra.

« Mon commandant, dit-il, il y a là deux hommes qui désirent vous parler tout de suite.

— Qui sont ces deux hommes ?

— L'un porte l'uniforme d'officier anglais, l'autre est un Indien.

— Faites-les entrer. »

Quelques minutes après, Koumassi et le sous-lieutenant étaient introduits. Celui-ci prit la parole et exposa le but de sa visite.

« Je n'ai rien à répondre, dit le capitaine Lilienstern, quand il eut achevé ; je n'ai été, au cours des événements qui viennent de se dérouler, que l'auxiliaire de mon compatriote, M. Robanoff, et je n'ai pas qualité pour traiter des conditions de la paix. Toutefois, s'il m'est permis d'émettre un avis, je crois que la proposition que vous apportez au nom des Tungariens doit être acceptée et j'espère que mon compatriote et son ami, M. Manning, ne la rejetteront pas. Quant à la question de savoir si les autorités anglaises consentiront à pardonner aux coupables ou voudront les punir, nul mieux que vous, Monsieur, n'est à même de préjuger comment elle sera réglée.

— Après le service qui m'a été rendu par un Tungarien et dont la conséquence directe sera un accroissement considérable de la sécurité des habitants de la province, — d'autre part, en présence d'une

démarche volontaire ayant pour objet le rétablisse-
ment de l'ordre, — je suis persuadé qu'on n'aura
recours à aucun châtiment. Je connais l'esprit dont
mes chefs sont animés et je crois pouvoir me porter
garant qu'ils n'exerceront aucune sévérité inutile.
L'important est donc que M. Robanoff et M. Manning
consentent à oublier le passé et à ne pas exiger des
compensations trop lourdes aux dommages qui leur
ont été causés.

— Oh! dit M. Robanoff, je suis, quant à moi, tout
disposé à ne rien réclamer. Tout ce que je demande,
c'est que ma fille me soit rendue.

— Et moi, déclara à son tour M. Manning, j'abandonne tout ressentiment et tout désir de vengeance. »

Jusqu'à ce moment, Koumassi avait gardé le silence ; mais il voulut répondre à la générosité dont
on faisait preuve à l'égard de ses concitoyens.

« Au nom de tous les habitants du village, dit-il,
je vous remercie. Nous avons, en vous attaquant,
en incendiant vos habitations et en les pillant, obéi
à des conseils que, tous, nous regrettons amèrement
d'avoir suivis. Nous essayerons de réparer nos torts.
Tout à l'heure, dès mon retour au bois de Puctoo,
où m'attendent mes concitoyens, mademoiselle Robanoff sera ramenée auprès de son père. De plus,

14

tout ce que nous avons volé, chevaux, voitures, étoffes, mobilier, nous le restituerons. Et enfin nous reconstruirons de nos mains les deux maisons que nous avons brûlées. »

Quelques instants après, Koumassi et le sous-lieutenant Morris reprenaient le chemin du bois.

En quittant le temple souterrain, le capitaine Kellett et ses hommes avaient marché lentement, précédés par les cinq étrangleurs qu'ils avaient épargnés.

« Les thugs ont-ils l'habitude de se rencontrer dans leur repaire à une heure fixe de la journée ? demanda l'officier.

— Oui, lorsqu'ils sont nombreux dans le voisinage d'une enceinte consacrée et qu'ils ne croient avoir à redouter la surveillance d'aucun profane.

— Et cette heure ?

— C'est un peu avant que la nuit ne tombe. »

Or, il était à peine midi, et il était inutile, imprudent même, de se rendre tout de suite dans le bois. Le moindre indice suffirait à éveiller l'inquiétude des étrangleurs, et, en les attendant près de leur repaire, où il serait malaisé, sinon impossible, que les soldats dissimulassent complètement leur pré-

sence, on courrait le risque de ne pas atteindre le
but que l'on se proposait.

Aussi, au lieu de poursuivre sa route, le capitaine
obliqua-t-il dans la direction du campement. Quand
il y arriva, tous les soldats et leurs officiers faisaient
la sieste; seules, quelques sentinelles montaient la
garde.

Le capitaine se rendit à la tente du colonel qui
commandait en chef le petit corps de troupes et lui
fit part des événements qui venaient d'avoir lieu.

« C'est très bien, dit celui-ci ; ce soir, au crépuscule, nous irons tous dans le bois ; et comme nous
sommes assez nombreux pour cerner, quelque vaste
qu'il puisse être, l'emplacement qu'occuperont les
thugs, il est certain que pas un d'entre eux ne nous
échappera.

— A moins pourtant que dans la journée ils ne
s'aperçoivent que leur temple souterrain a été découvert, et que, mis ainsi en garde, ils évitent par prudence de se réunir à leur repaire.

— Vous avez raison ; mais il y a un moyen de
parer à cette éventualité. Je vais envoyer sur-le-
champ des hommes dans le temple ; ils resteront
cachés à l'intérieur, et si quelques étrangleurs y
pénètrent, ils s'en empareront. De cette façon, nous

serons sûrs que nul d'entre eux ne préviendra ses acolytes du danger qui les menace. »

Le colonel donna des ordres, et, sous la conduite d'un officier, un petit détachement partit, prenant, pour se cacher, un chemin détourné qui serpentait à travers de hautes broussailles.

Jusqu'à l'heure du crépuscule, le silence régna dans le camp ; rien au dehors ne pouvait faire soupçonner qu'une expédition allait avoir lieu. Les soldats avaient été prévenus qu'ils eussent à se tenir prêts à partir au premier signal ; mais en même temps on leur avait recommandé de rester sous leurs tentes pour que personne ne les vît, leurs guêtres mises et leur cartouchière au ceinturon.

Enfin, quand le soleil eut complètement disparu à l'horizon, le colonel monta à cheval et commanda à ses officiers subalternes d'exécuter les instructions qu'il leur avait données pendant l'après-midi. Les soldats furent partagés en quatre détachements, qui se mirent en marche successivement et entrèrent dans le bois de Puctoo par des points différents.

Le plan d'action était des plus simples. Le premier détachement devait se rendre au nord du repaire des thugs, le second à l'est, le troisième à l'ouest et le quatrième au midi ; le colonel resta à la tête de ce

dernier. On avança sans bruit, en se tenant constamment assez loin de l'endroit qu'il s'agissait d'entourer ; et quand chacune des troupes eut atteint le
point qui lui avait été désigné, tous les hommes se
déployèrent de façon à former un cercle autour du
repaire des étrangleurs.

Les soldats chargèrent leurs fusils et mirent la
baïonnette au canon ; puis ils avancèrent vers le
centre d cercle.

Il ne leur fallut pas longtemps pour arriver à une
bordure d'arbres resserrés et de hautes plantes dont
l'enchevêtrement ne laissait pas pénétrer le regard.

« Voilà l'endroit ! » dit le colonel.

Et il donna l'ordre d'attaquer la barrière à coups
de baïonnettes.

Les soldats obéirent et quelques intervalles furent
vite pratiqués. On vit alors une clairière où une
vingtaine d'hommes étaient assemblés, immobiles,
apparemment glacés de terreur, devant une statue
de la déesse Kâli, semblable à celle du temple souterrain.

Faire feu était impossible ; les soldats se fussent,
vu leur disposition circulaire, atteint les uns les
autres. Du reste, il n'était nullement nécessaire
d'avoir recours à un pareil moyen. On était trente

contre un, et les thugs, sentant l'infériorité de leur
nombre et de leurs moyens de résistance, ne parais-
saient nullement disposés à se défendre.

Quand ils se furent frayé un passage suffisant,
les soldats firent irruption dans l'intérieur de l'enceinte et se précipitèrent sur les étrangleurs dont
ils s'emparèrent sans coup férir. Puis quelques-uns
d'entre eux démolirent le piédestal sur lequel était
dressée la statue de l'idole.

Le colonel descendit de cheval, assembla ses officiers en une sorte de conseil de guerre et fit appro-
cher les thugs qui venaient d'être capturés. A chacun d'eux il demanda ses nom, prénoms et domicile
légal, qu'un sous-officier consignait au crayon sur un
carnet de poche. Puis, grave, attristé par la sinistre
besogne qui lui incombait, il ajouta :

« Vous reconnaissez tous appartenir à la secte des
thugs? »

Personne ne protesta. Le colonel reprit :

« La mission que j'ai reçue de mes chefs m'impose
le devoir de vous juger. Or, vous savez que la loi
punit vos crimes de la peine de mort. Avez-vous
quelque chose à dire avant que je ne prononce votre
condamnation? »

Les étrangleurs gardèrent le silence.

Fig. 15.   Page 214.

Quelques-uns d'entre eux démolirent le piédestal sur lequel
était dressée la statue de l'idole.

« Puisque vous vous taisez, c'est que vous n'avez à faire valoir aucune circonstance atténuante. En ce cas, je vous condamne à la peine capitale, et, en vertu des pouvoirs que j'ai reçus du gouvernement, j'ordonne que vous soyez immédiatement passés par les armes. »

Aucun des étrangleurs ne fit un geste, ne prononça une parole. Ils comprenaient que rien ne pouvait les soustraire à la mort, et ils l'acceptaient sans un murmure, avec une résignation et un calme qui contrastaient singulièrement avec l'épouvante qu'ils avaient manifestée au moment où ils avaient été surpris dans la clairière par les soldats anglais.

Un peloton d'exécution fut formé. On banda les yeux des thugs et on les mit en ligne.

Le colonel tira son sabre du fourreau.

« Attention! dit-il. — En joue! — Feu! »

La décharge meurtrière partit. Les étrangleurs tombèrent.

Le médecin du régiment et ses aides s'approchèrent successivement de chacun d'eux, s'assurèrent qu'ils ne respiraient plus et que les pulsations de leur cœur s'étaient arrêtées. Quand ils eurent terminé cette sinistre besogne, les soldats creusèrent un grand trou dans le sol et y jetèrent pêle-mêle les cadavres.

La justice des hommes était satisfaite.

Pendant que s'accomplissait ce lugubre drame, les Tungariens approchaient de leur village. Dès que Koumassi leur avait rapporté la nouvelle que la paix était conclue, ils avaient fait leurs préparatifs de départ, heureux de retourner dans leurs huttes pour y reprendre l'existence tranquille des anciens jours.

Ils appréciaient hautement la générosité de ceux auxquels ils avaient fait tant de mal, et qui n'exigeaient aucune réparation. Aussi à la haine qu'ils avaient autrefois nourrie contre les Manning et les Robanoff succédait une reconnaissance qui leur mettait au cœur les plus amicales dispositions. C'était bien, pensaient-ils, de ne pas chercher à tirer vengeance de leur conduite, de leur permettre de reprendre leurs places à leurs foyers, de leur pardonner au lieu de les punir.

Ah ! pourquoi Mahal le fakir était-il, quelques semaines auparavant, venu leur prêcher la révolte, et pourquoi l'avaient-ils écouté ! Il avait, avec ses pernicieux conseils, apporté la dévastation et le deuil.

Et malheureusement ils n'étaient pas les seuls qui se fussent insurgés. Combien de leurs compatriotes étaient morts victimes de leur aveuglement? Combien erraient misérables, traqués par les soldats anglais, sans pain pour leurs femmes et pour leurs enfants? Dans le sud de l'Hindoustan la révolte était apaisée, mais dans le nord elle continuait encore; que de ravages et de désolations n'allait-elle pas y semer?

Les Tungariens avaient délivré Maria de ses liens et les femmes s'étaient à tour de rôle approchées d'elle pour lui baiser la main. En apprenant qu'elle allait enfin revoir son père, ses frères et ses amis, la jeune fille éprouva une telle émotion qu'elle ne put retenir ses larmes. Certes elle avait bien souffert, certes les Tungariens avaient fait bien du mal aux siens et à elle-même; mais elle oubliait tout pour ne songer qu'au bonheur du présent, et il n'y avait pas place dans son cœur pour le ressentiment.

On s'était mis en route sans perdre une minute. Maria était montée dans une voiture où bien souvent elle s'était promenée avant la révolte des Tungariens, et Koumassi avait pris par la bride, pour le diriger, le cheval qu'on y avait attelé et qu'elle reconnaissait pour s'en être maintes fois servie.

Au village, nos amis attendaient les Indiens dans la plus vive impatience. La nuit tombait; leur faudrait-il renvoyer au lendemain la joie de revoir celle qu'ils avaient cherché à sauver avec tant d'ardeur et de persévérance? On était bien certain maintenant que son arrivée n'était plus qu'une question d'heures, mais il tardait tellement à M. Robanoff et à ses fils de la serrer dans leurs bras qu'il leur était impossible de rester en place et de ne pas s'impatienter.

Enfin le cortège des Tungariens parut. Un concert de hourrahs, de cris et d'acclamations l'accueillit. Dès qu'ils aperçurent Maria, les Robanoff et les Manning s'élancèrent au-devant d'elle; elle sauta à bas de sa voiture et se jeta dans les bras de son père, qui la pressa longuement contre sa poitrine. Ce fut ensuite le tour de Serge et de Nicolas.

« Et vous aussi, Monsieur Manning, je veux vous embrasser », dit-elle gaiement, quand elle se fut soustraite aux étreintes de ses frères.

Gracieuse, elle prit son vieil ami par le cou et déposa sur chacune de ses joues un baiser sonore. Puis elle tendit successivement la main à William, à Franck et à Robert.

Mahorra s'était avancé près de ses maîtres et

considérait cette scène avec des pleurs d'attendrissement dans les yeux.

« Mon enfant, dit M. Robanoff, tu as encore quelqu'un à embrasser. »

Maria regarda son père. Elle ne comprenait pas de qui il voulait parler.

« C'est Mahorra, ajouta-t-il ; sans lui, il est probable que nous ne serions pas actuellement réunis. Il a fait preuve pour nous tous et pour toi d'un dévouement que tu ne sauras jamais trop reconnaître, d'une sagacité et d'un courage auxquels nous devons certainement d'être encore tous en vie. Mon enfant, va l'embrasser. »

Du coup, de grosses larmes roulèrent le long du visage de l'Indien. Lui, dont l'âme et le corps étaient de bronze devant l'épreuve et devant le danger, il était maintenant sans force et pleurait comme un enfant.

Maria s'avança vers lui ; il s'agenouilla sur le sol, et, sanglotant, tendit son front à la jeune fille, qui y déposa un baiser.

CHAPITRE XV

CONCLUSION.

Le lendemain matin, après avoir reçu les remerciements de ceux qu'il avait si puissamment et si obligeamment aidés, le capitaine Lilienstern partit avec ses matelots pour retourner enfin à bord du *Violan*.

« On doit me croire mort, disait-il en riant. Enfin, n'importe. Si l'on a mis à cause de moi des vêtements de deuil, on en sera quitte pour les ôter, voilà tout. Et quand on saura de quelle manière j'ai utilisé le temps qu'a duré mon absence, on trouvera, j'en suis sûr, que le résultat obtenu valait bien les anxiétés qu'il a pu causer. Allons, mes amis, adieu. Croyez bien que la campagne que nous venons de faire ensemble restera toujours dans ma mémoire comme un des meilleurs souvenirs de ma carrière de marin. »

Il disposa ses hommes en rangs, serra une dernière fois la main à tout le monde, et commanda :

« En avant, marche! »

Deux mois après ces événements, il ne restait plus dans le pays la moindre trace de la révolte. L'habitation de M. Manning et celle de M. Robanoff avaient été reconstruites, et les deux Européens avaient recommencé leurs affaires, qui allaient aussi bien que par le passé.

Aux hostilités avait succédé une paix solide. Les Tungariens étaient devenus les amis sincères et dévoués de leurs anciens adversaires.

William avait demandé à M. Robanoff la main de Maria, qui lui avait été sur-le-champ accordée; et le mariage des deux jeunes gens avait été fixé à une date prochaine.

Quant aux domestiques, ils étaient tous restés au service de leurs maîtres, et le lecteur pense bien qu'ils étaient considérés comme des amis autant que comme des serviteurs et traités avec tous les égards dus au dévouement dont ils avaient fait preuve.

« Allons, disait quelquefois M. Robanoff, à quelque chose malheur aura été bon; nous avions

autrefois des inquiétudes que nous n'avons plus maintenant, moins de tranquillité et moins de bonheur. »

C'était vrai.

Il fallut des efforts multiples et prolongés pour
rétablir l'ordre dans le nord de l'Hindoustan, où les
indigènes luttèrent avec un acharnement féroce.

Delhi regorgeait de Cipayes qui avaient déserté
pour venir se joindre aux insurgés. La ville se sou-
leva ; on courut sus aux Européens et tous ceux qui
furent saisis eurent à endurer les plus horribles traitements. Les femmes et les enfants furent massacrés
avec d'atroces raffinements de cruauté ; des malheureux furent écorchés vifs. Il est vrai de dire que ces
actes inqualifiables ne furent pas toujours le fait des
Cipayes, mais bien celui des forçats échappés de leur
prison, et des thugs qui donnèrent libre carrière à
leurs instincts.

Bon nombre d'Européens s'étaient réfugiés dans
l'arsenal de la ville, qui n'avait pour tous défenseurs
que deux jeunes officiers et quelques sous-officiers
d'artillerie. Après plusieurs heures d'une lutte iné-
gale, le lieutenant Willoughby, voyant que l'arsenal
allait définitivement tomber au pouvoir des insurgés,
mit le feu aux magasins à poudre, qui sautèrent avec
une épouvantable explosion.

L'insurrection était maîtresse de la ville, ainsi que des immenses approvisionnements de toute nature et du trésor qui y avaient été réunis. Une proclamation fut rédigée et immédiatement répandue dans la ville et dans les provinces : elle annonçait que la domination de l'Angleterre ne serait plus désormais tolérée, et appelait musulmans et Indous à se réunir dans un vaste effort pour jeter dans la mer l'odieux envahisseur.

Dès que les musulmans furent ainsi entrés dans l'insurrection, elle prit un caractère de férocité plus horrible encore. Les relations de ceux qui furent témoins de ces scènes de carnage font frémir. On n'a jamais su et on ne saura jamais en Europe toute la vérité poignante des faits. « Ne croyez pas que vous soyez en Angleterre au courant de ce qui se passe ici, écrit un nouveau débarqué dans l'Inde à sa famille ; la vérité est si affreuse que les journaux ne peuvent l'imprimer. Ici même, on évite ce sujet ; on en parle peu, de peur de devenir fou. »

On comprend quel appétit furieux de vengeance et de représailles ces massacres et ces barbaries allumaient dans le cœur des soldats anglais. La guerre prit de part et d'autre un caractère monstrueux. Dans toutes les stations anglaises, les exé-

cutions eurent lieu dans des proportions incroyables.
On inventa même de nouveaux supplices. Cinquante,
soixante, quelquefois cent hommes par jour étaient
pendus, fusillés, écartelés par explosion à la bouche
des canons, sous le plus léger prétexte, pour un
mot, pour un geste, pour une simple lettre adressée
par un insurgé à un cipaye.

La révolte gagna Bénarès, Allahabad, Cawnpour.
Le 5 juin, Hausi massacre toute la population européenne; le 8, le contingent de Gualior se mutine à
son tour. D'autres villes suivent l'exemple. Presque
partout les officiers européens sont massacrés.

Toutefois, ce fut à Cawnpour que se passèrent
les faits les plus épouvantables. C'est là que l'on vit
entrer en scène le farouche Nana-Sahib. Dès qu'il
connut la révolte de cette place, il accourut, s'empara du trésor, ouvrit les portes des prisons aux
quatre cents malfaiteurs qu'elles renfermaient, et
vint assiéger l'hôpital, où s'étaient réfugiés six cents
Européens. La défense fut héroïque; elle dura
près de trois semaines.

Désespérant de l'emporter par la force, Nana-
Sahib eut recours à la trahison. Il offrit une capi-
tulation honorable aux assiégés, qui l'acceptè-
rent. Le 27 juin, les malheureux s'entassèrent sur

des bateaux qui devaient les emmener à Allahabad. Mais ils étaient à peine démarrés qu'une batterie embusquée les mitrailla et les détruisit à distance. Une seule barque échappa ; les autres furent arrêtées par les misérables assassins, qui fusillèrent les hommes sur place et ramenèrent à Cawnpour les femmes et les enfants, destinés à un supplice plus affreux encore. Ils étaient au nombre de 122 ; on les confina dans un bâtiment dénudé, où ils demeurèrent dix-huit jours en proie aux angoisses les plus cruelles. Enfin, à l'annonce de l'approche des Anglais, Nana-Sahib, exaspéré, ordonna le massacre. Quelques cipayes pénétrèrent dans le bâtiment, le sabre à la main, et la boucherie commença. Elle dura jusqu'à ce que les cris d'horreur et de lutte désespérée eussent fait place à un silence horrible.

Le lendemain, il se trouva qu'une vingtaine de victimes respiraient encore ; on ne se donna pas la peine de les achever, et morts et mourants furent entassés ensemble dans un puits et recouverts de terre.

A côté du drame de Cawnpour (1), il en faudrait

---

(1) On n'a jamais su de façon certaine si Nana-Sahib avait péri pendant l'insurrection. On a récemment prétendu qu'il vivait encore ; des voyageurs l'auraient rencontré en Syrie, vigoureux malgré l'âge et portant toujours dans son cœur la haine de l'Angleterre.

citer bien d'autres, celui de Lucknow par exemple.
Mais à quoi bon relater de nouvelles horreurs ? Aussi
bien l'insurrection était, en dépit de tous les efforts
des indigènes, arrivée à sa période décroissante.
Avec une prodigieuse audace, trois ou quatre mille
Européens, l'attaquant à son foyer même, n'avaient
pas craint de venir mettre le siège devant Delhi,
peuplée de cent cinquante mille âmes et défendue
par une garnison sans cesse renouvelée de plus de
trente mille soldats disciplinés. Pendant quatre mois,
ils se maintinrent là, en proie aux privations de
toutes sortes et au choléra qui les tordait sous son
étreinte, mais toujours cloués au sol et repoussant
jour et nuit des attaques désespérées.

Le siège de Delhi fut certainement la plus étonnante page de cette campagne, si féconde en actes
héroïques. Les assaillants n'étaient encore que 4,500
Européens et environ 2,000 Indigènes, lorsqu'ils
enlevèrent, le 10 juin, toutes les hauteurs qui com-
mandent la ville.

Cette journée permit d'asseoir le camp dans une
position à l'abri de l'artillerie de la place et d'attendre
des renforts. Ce ne fut que le 29 août que l'on put
ouvrir enfin la première tranchée. Déjà trois généraux en chef avaient été emportés par le choléra.

Le général Wilson prit le commandement de l'armée, qui ne se montait encore qu'à 11,000 hommes.

Enfin, le 4 septembre, l'équipage de siège arriva, composé de quarante pièces de gros calibre avec des munitions considérables, cent artilleurs européens, et des troupes d'infanterie.

Le siège allait pouvoir être mené sérieusement. On établit des batteries qui attaquèrent les bastions. Le 14 septembre, le canon avait à ce point fait son œuvre que le général Wilson ordonna l'assaut général.

L'armée se divisa en quatre colonnes et s'élança avec vigueur. Partout elle brisa la résistance. Pendant que trois colonnes abordaient de front la ligne battue en brèche par l'artillerie, la quatrième opérait une diversion à l'ouest de la ville. Cette dernière colonne fut repoussée, mais les trois autres enlevèrent toute la ligne de défense et pénétrèrent dans la ville.

Le lendemain, les Anglais s'établirent solidement dans leur position; il fallait maintenant conquérir la cité rue par rue. Le 16, le grand arsenal fut enlevé. Le 20, les derniers insurgés prenaient la fuite, abandonnant toute la ville aux Anglais, qui se trouvèrent trop épuisés pour les poursuivre. Delhi était définitivement acquise à l'armée britannique ; l'insurrection avait reçu un coup mortel.

Ivres de fureur et avides de représailles, les soldats se livrèrent malheureusement à des actes de cruauté. Tous les habitants qui se trouvaient à Delhi au moment de l'entrée des troupes furent passés par les armes. Il y avait des maisons où quarante et cinquante personnes réunies se tenaient cachées ; ce n'étaient pas des rebelles, mais des résidents qui avaient espéré le pardon : ils furent désappointés.

Ailleurs, la répression ne fut, du reste, pas moins sanguinaire. A Cawnpour, les montagnards écossais se rendirent, en arrivant, au puits où, après le massacre, les rebelles avaient jeté des femmes et des enfants. Les restes mutilés de la fille d'un général furent reconnus. On enleva de sa tête les longues tresses de cheveux ; la moitié fut envoyée en Angleterre à la famille de la malheureuse enfant, l'autre fut distribuée aux soldats, qui jurèrent que pour chaque cheveu un Indien périrait de leurs mains. Ce serment terrible fut religieusement accompli.

Que d'horreurs ! que de barbaries ! Et combien il faut déplorer des excès qui salissent l'histoire de notre siècle !

Ce fut seulement au mois de janvier 1859 que

FIG. 16.   PAGE 229.

Les radjahs organisent de grandes chasses.

l'autorité britannique fut complètement rétablie dans l'Hindoustan. La terrible insurrection avait duré deux ans ; elle avait failli amener la chute complète de la domination anglaise.

Un acte du Parlement de Londres supprima la Compagnie des Indes orientales. Ce fut justice, car par ses fautes et son aveuglement cette Compagnie avait été la principale cause de la rébellion. Violemment attaquée en Angleterre aussi bien que dans tout le reste de l'Europe, elle devait être balayée par le vent de l'opinion publique. Une proclamation de la reine Victoria annonça au peuple indien que le gouvernement du pays était transporté à la Couronne ; elle promettait l'amnistie pour tous ceux qui se soumettraient, ainsi que le respect des propriétés particulières et de la religion.

Depuis cette époque, le calme règne aux Indes. Sous la tutelle des Anglais, bien plutôt protectorat que domination, le pays semble avoir oublié ses anciens instincts de haine et d'insurrection. Les brahmes et les fakirs continuent à mener leur existence nomade d'autrefois, mais on ne voit pas qu'ils cherchent à fomenter par leurs conseils une nouvelle émeute.

On tue les bêtes, non plus les hommes. Les radjahs organisent de grandes chasses, dont ils sont très friands; montés sur de superbes chevaux et suivis d'un pompeux équipage, ils lancent contre les antilopes des jaguars que leurs serviteurs ont apprivoisés; mais là se borne l'exercice de leurs instincts guerriers.

Puisse la paix continuer à régner, semant la prospérité dans le pays! Puisse l'Inde magnifique ne plus être jamais troublée par une révolution!

FIN

TABLE DES MATIÈRES

FIN DE LA TABLE DES MATIÈRES.

4200-89. — Corbeil. Imprimerie Crété.

COLLECTION GRAND IN-8 JÉSUS

Magnifiques volumes illustrés de très nombreuses gravures.

Riche reliure, toile rouge à biseau, plaques et tranches
dorées, gouttière creuse....................... **9 fr. 50**

Reliure amateur, dos et coins maroquin, plats papier,
tranches ébarbées, tête dorée.................... **11 fr. »**

Une vie de jeune fille, par F. DE NOCÉ.

La Botanique d'Andrée, par Émilie CARPENTIER.

Pour une épingle, par J.-T. DE SAINT-GERMAIN.

Les Récits d'une sœur aînée, par Benjamin DOUDET.

Fables de La Fontaine, illustrées de 65 compositions hors texte,
par J.-B. OUDRY.

Sur Mer et sur Terre, par H. MARGUERIT.

Enfants d'Alsace et de Lorraine, par Émilie CARPENTIER (Ouvrage
couronné par l'Académie française).

Le Buffon illustré, par A. DE BEAUCHAINAIS.

Les Ignorances de Madeleine, par Émilie CARPENTIER.

Récits de vieux Marins, par Albert LAPORTE.

Les Grimpeurs de montagnes, par L. BAILLEUL.

Souvenirs d'Algérie, par Albert LAPORTE.

Les Contes de Perrault, précédés d'une préface par J.-T. DE SAINT-
GERMAIN. Encadrements en couleurs à toutes les pages.

COLLECTION GRAND IN-8 RAISIN A 10 FR.

Volumes édités avec luxe et ornés d'un très grand nombre d'illustrations sur bois ou sur acier. Titre rouge et noir.
Demi-reliure chagrin, tranches dorées, gouttière creuse.

En Suisse, le sac au dos, par Albert LAPORTE.

Aux Pyrénées, le sac au dos, par Albert LAPORTE.

Les Chasseurs d'ivoire, par L. BAILLEUL.

Les grandes Femmes de France, par A. DRIOU.

A travers l'Inde, par A. THÉNON, ancien consul de France à Bombay.

Aventures de Robinson Crusoé, par Daniel de Foë (traduction
nouvelle).

NOUVELLE COLLECTION IN-8 CAVALIER A 4 FR.

Beaux volumes illustrés de planches en chromolithographie et
imprimés en gros caractères.

Reliure toile à biseau; plaque riche, tirée en or et en couleurs,
sujet spécial à chaque volume, tranches dorées.

Francinette, par Jean d'AURAY.
L'Oncle Labrador, par Gaston BONNEFONT.
Thérèse Bon-Cœur, par Mme DE PALOFF.
Vivent les Vacances! par Mme L. HAMEAU.

NOUVELLE COLLECTION D'ALBUMS PETIT IN-4

Illustrés de planches en chromolithographie.
Cartonnage élégant, couverture chromo............. 3 fr.

La Journée d'un tout petit, par Marie DE BOSGUÉRARD.
Nos enfants, par Marie DE BOSGUÉRARD.
Les Chasses de Robert, par Étienne DUCRET.
La Convalescence de Bébé, par L. LORMEL.
Petit frère, par Marie de BOSGUÉRARD.

BIBLIOTHÈQUE DE BÉBÉ

Albums grand in-4 raisin, texte encadré, très nombreuses
illustrations coloriées.

Cartonnage élégant, couverture chromo...................... 5 fr.
Reliure biseau, toile rouge, pl. et tr. dorées, méd. spécial..... 8 fr.

Bébé saura bientôt lire (Alphabet).
La Ménagerie de Bébé (Alphabet).
Bébé sait lire.
Bébé devient savant.
La Poupée de Bébé.
Les Contes des fées offerts à Bébé.
Les Fables de la Fontaine pour Bébé.
Les Mille et une Nuits racontées à Bébé.
L'Éducation de Bébé.
Les Récréations de Bébé.
Bébé en voyage.
Les Étrennes de Bébé.

4200-89. — Conseil. Imprimerie Caïvs.

www.ingramcontent.com/pod-product-compliance
Lightning Source LLC
Chambersburg PA
CBHW070512030726
47503CB00004B/1241